상추, 이중선입니다

상추, 이중선입니다

노무현·문재인 대통령과 함께 한 세월

이중선 자전 에세이

이 땅에서 진짜

술꾼이 되려거든

목숨을 걸고 술을 마셔야 한다

이 땅에서

참된 연애를 하려거든

목숨을 걸고 연애를 해야 한다

이 땅에서

좋은 선생이 되려거든

목숨을 걸고 교단에 서야 한다

뭐든지

진짜가 되려거든
목숨을 걸고
목숨을 걸고⋯⋯

이광웅, 「목숨을 걸고」

대학을 졸업할 무렵 한 사내를 만났습니다. 그 사내를 만나서 꿈을 꾸었고 가슴 속에서 꿈틀거리는 무엇인가를 느꼈습니다. 그와 함께 이야기를 나누었고 그와 함께 노래를 불렀습니다. 그에게서 사람에 대해 배웠고 진심을 어떻게 꽃으로 피워내야 하는지를 배웠습니다. 그에게서 이광웅 시인이 노래했던 「목숨을 걸고」와 똑같은 이야기를 들었습니다. 목숨을 걸고 목숨을 걸고. 가슴의 진정성으로 모든 일을 대해야 한다고 들었습니다.

저에 대해 이야기를 하고 싶었습니다. 아니, 사실은 이야기하고 싶지 않았습니다. 하지만 스스럼없이 저에 대해 이야기했습니다. 제 이야기를 한 이유는 더 많은 이야기를 듣고 싶었기 때문인지도 모릅니다. 사람의 사연을 듣는 것이 모든 일의 시작이라고 노무현 전 대통령님과 문재인 대통령님을 통해서 보고 배웠습니다. 제 이야기를 가슴에서 꺼내고 그 빈자리에 사람들의 이야기로 가득 채우도록 노력하겠습니다.

진심을 꽃 피우는 사람이 되고 싶습니다. 그리하여 시인의 시 구절처럼 진짜가 되기 위해 부단히 움직이겠습니다. 목숨을 걸고 술꾼이 되고, 목숨을 걸고 연애를 하고, 목숨을 걸고 교단에 서고, 진짜가 되기 위해 목숨을 걸고, 목숨을 걸고 진심을 꽃 피우겠습니다.

'말이 아닌 행동으로 보여 달라.'는 고 노무현 대통령님의 말씀처럼 행동으로 보이는 진심을 여러분에게 보이겠습니다. 그리하여 밝고 화창한 날을 부르겠습니다.

2022년 1월
문재인 정부 청와대 전 행정관
이중선

1부

좋아하는 사람과
손을 맞잡고

보고 싶은 그를 만나러 갑니다

2021년 늦여름과 초가을 사이, 그가 무척 보고 싶었습니다. 이 사람을 만나고 저 사람을 만나고 사람들 사이에서 웃고 있으면서도 왜 그가 생각나는지 모르겠습니다. 막연한 그리움일 수도 있겠지요. 아니면 때가 되어 찾아오는 안부 같은 거였을지도 모르겠습니다. 그를 야박하다고 생각한 적도 있었고 때로는 원망하면서 울었던 적도 있었습니다. 울분에 찬 울음도 있었고 큰 사람이었던 그가 하염없이 작아 보여서 울었던 적도 있었지요. 잠결에 뒤척이다 문득 그가 보고 싶었습니다. 한번 찾아오라는 말 한마디 없었지만 저는 그날 꿈결에 그에게 찾아간다고 전화한 것도 같았습니다. 아침에 일어나 무작정 그를 찾아 떠났습니다.

이튿날, 가는 내내 차창에는 빗물이 떨어졌고 저는 날씨처럼 더 침잠했습니다. 유리창에 부딪히는 빗물에 그리움이 부풀었다가 찌그러들고 찌그러들었다가 다시 부풀어 올랐습니다. 변덕스러운 마음이 그리움을 더 부풀게 만드는 건 아닌지 농담처럼 혼자 웃기도 했습니다. 그럴수록 그가 더욱 보고 싶어졌습니다.

그를 알게 된 건 오래 전이었죠. 저는 대학 졸업을 앞둔 예비역이자 예비 사회초년병이었지요. 무작정 그가 좋았습니다. 그래서 무작정 그에게 다가갔고 그와 함께 한 시간이 점점 많아졌습니다. 그를 돕기 위해 직장도 그만두었습니다. 그와 같이 선하고 깨끗해지고 싶었거든요. 거짓을 말하지 않는 사람, 우리를 위해 크게 울어주는 사람, 아픔 있는 사람의 손을 잡고 같이 걸어주던 사람.

이후 저는 그와 함께 걸었습니다. 그와 세상을 바꾸고 싶다는 욕심이 있어서가 아니었습니다. 그가 큰 인물이 될 거라는 기대가 있어서도 아니었습니다. 그의 이름이 좋았고 그의 인품이 좋았고 그가 하는 세상 이야기가 좋았습니다. 저는 그의 말에 귀 기울였고 그가 두런두런 건네는 작은 목소리들이 좋았습니다. 제가 하는 일이라고는 그의 말을 경청하는 것이었고 그가 좋아서 찾아오는 사람들과 그의 사진을 찍어주는 것이었습니다.

그 덕에 그를 찾아오는 이들의 이야기를 많이 들었습니다. 그를 좋아하는 사람과는 손을 맞잡고 그에 대해 이야기했고, 억울한 아픔과 사연을 지니고 온 사람에게는 가슴 속 이야기를 들어주었습니다. 그렇게 무작정 그와 함께 걸었습니다.

문득 그가 보고 싶어 그가 있는 고향에 찾아갔습니다. 온종일 비가 내리고 있었고 차에서 내리고 보니 우산이 없다는 걸 알았습니다. 묵묵히 비를 맞으며 그에게 다가갔습니다. 신을 벗고 그가 누운 자리 앞에 가서 다소곳이 그를 바라보았습니다. 큰 우산 같았던 그의 웃음이 있었기에 그날은 우산이 없어도 된다고 생각했습니다. 그는 어쩌면 우리 모두에게 커다란 우산이었으니까요.

'상추님, 만나기 참 좋은 날입니다.'
그가 호탕하게 말을 걸어오는 것 같아서 저도 말했습니다.
'노짱님, 우리 노짱님, 잘 계셨죠?'

주저앉아 노짱님과 많은 이야기를 나누었습니다. 참, 저는 아직도 노무현 대통령님이란 호칭보다 노짱이라는 말이 더 친숙합니다. '노짱과 상추', 이 호칭으로 서로를 불렀고 서로를 바라보았으니까요. 저는 노짱님께 그동안 밀린 이야기를 했고, 노짱님은 노짱님이 계신 곳의 이야기를 했던 것 같습니다. 아마 노짱님이 바로 앞에 계셨더라면 제 어깨를 툭툭 쳐주셨겠지요. 말없이 툭툭 쳐주시던 그 손길이 무척이나 그립습니다.

봉하마을을 떠나오면서 자꾸 뒤돌아보고 싶었지만 그러지 않기로 했습니다. 노짱, 우리의 노무현 대통령님이 손 흔들고 있을 게 분명하니까요. 뒤돌아보면 그와 막걸리잔 기울이고 싶어져서 안달이 날 테니까요.

상추, 이중선입니다

스무 살, 작은 희망을 꿈꾸다

　군에서 제대하고 대학에 복학한 저는 길을 잃었습니다. 화창했던 스물의 이정표가 없어진 셈이었죠. 1993년에 대학에 입학하면서 꾸었던 수많은 꿈과 수많은 이상들이 순식간에 사라지고 없었습니다. 지금의 20대가 불안정한 미래와 불공정한 사회에 대한 분노를 많이 느낀다면, 저의 20대는 허망함과 무기력함으로 가득 차 있었습니다. 군에서 돌아온 20대 중반의 저는 한낱 회색주의자로 변모해 있었으니까요.

　대학에 입학할 때는 많은 꿈이 있었지요. 그 중 첫 번째는 시와 소설을 쓰는 작가가 되는 거였습니다. 저와는 어울리지 않는 거 같다고요? 지금 와서 돌아보면 작가와 이중선은 어울리지 않는 듯싶습니다. 그렇지만 제 선후배 중에는 유명 작가가 된 분이 여럿 있으니까, 스무 살 무렵의 저는 최선을 다해 살았다고 해도 괜찮을 것 같습니다.

여하튼 저는 당시 학내 문학동아리에 가입해서 시와 소설을 배웠습니다. 문학적 치기와 예술인으로서 가져야 할 현실에 대한 냉정한 눈초리와 함께 수많은 문학작품 속으로 빠져들었죠. 대가들의 훌륭한 작품부터 이제 갓 데뷔한 신인 작가의 패기 넘치는 작품들이 그 시절의 교과서였습니다. 작가의 눈에 비친 현실 세계는 때론 이상적이었고 때론 무서우리만치 비판적이고 냉소적이었습니다. 세상에 대한 기대와 설렘이 가득했던 스무 살의 저는 문학작품을 통해 암울한 현실을 배웠고, 현실을 내포한 문학의 세계를 통해 지금까지 경험하지 못했던 새로운 세상과 조우하고 있었죠.

1980년~1990년대 문학작품들을 탐독하면서 제가 살아가는 시대의 현실을 깨우치기 시작했습니다. 민주화라는 이름에 가려진 독재, 위선과 거짓으로 가득한 뉴스들은 권력자의 입맛에 맞춘 소식만 전해주고 있었습니다. 제가 모르고 있던 현실 세계를 깨달았다고 할까요? 독재는 민주라는 이름의 가짜 옷을 입고 눈이 부실만큼 빛나고 있었습니다. 스무 살 문학도였던 저는 부조리한 현실을 깨울 수 있는 작품에 골몰했습니다. 그러면서 교과서에서는 배울 수 없는 역사책을 읽었고, 그 역사를 바탕으로 한 리얼리즘 문학작품을 주로 읽었습니다. 다양한 책들을 읽으며 현실 세계를 체감하고 세상과의 소통을 이루기 시작했죠. 하지만 현실을 깨우칠수록 비참해졌던 이유는 무엇이었을까요?

복학 후 저는 회색주의자가 되었습니다. 제가 가진 문장들은 현실을 깨울 수 없다는 걸 깨달았고, 괴리감 있는 현실을 바꿀 수 없는 무기력한 자신과 직면한 것이지요.

그 무렵 대학 운동권은 빠르게 변화하는 중이었습니다. 자주 총학을 이끌었던 선배들이 어느 날 뉴라이트인 푸른공동체의 리더가 되어 있었지요. 상상하지 못했던 일들이 대학 내에서 진행 중이었습니다. 투쟁 일변도였던 학생운동은 취업과 스펙 쌓기에 몰린 대학생들에게 외면 받았고, 시민사회운동이 다변화되면서 학생운동도 민주화나 통일노선이 아닌 학내문제로 국한되었죠. 그런 상황이었기에 현실 참여는 더 소원하게만 느껴질 뿐이었지요.

현실 정치에 참여하지 못하게 변해버린 학생운동의 영향도 있었지만, 급격하게 변화하는 사회 속에서 무엇을 해야 하나 고민이 많았습니다. 요즘 20대처럼 미래에 대한 고민이었죠. 저는 다양한 진로를 놓고 많은 고민을 했습니다. 오랜 고민 끝에 졸업하면 통일운동에 뛰어들어야겠다고 결심했지요. 남북 통일운동의 변화가 필요하다고 느꼈고, 남북화해의 접점이 의외로 빨리 찾아올지도 모른다는 생각이 들었기 때문이었습니다.

그때부터 남북에 관련된 자료를 모으고 남북문제에 관한 책을 탐독했습니다. 남북관계에 대한 논문을 찾기 위해 온종일 도서관에 틀어박혀 있기도 했죠. 하지만 남북문제와 통일운동 문제는 막연할 뿐이었습니다. 아직 졸업도 하지 못한 대학생 신분인데다 전문가적 식견도 부족했지요. 그렇다고 노력을 멈출 수는 없었습니다. 그래서 북한대학원을 목표로 삼았습니다.

그런데 북한대학원 입학 경쟁률은 제 예상보다 상당히 높았습니다. 적은 인원만 선발하는 데다, 학문의 측면에서 바라보는 북한의 인기가 상당했기 때문이었습니다. 그런 모습을 보면서 양날의 칼처럼 흐뭇하기도 하고 조급하기도 했습니다. 많은 사람이 북한에 대해 공부하고 싶어 한다는 건 남북관계가 미래지향적이라는 뜻이어서 기뻤지만, 다른 한편으로는 그처럼 높은 관심 때문에 대학원 입학의 문은 더욱 좁아졌으니까요.

아무리 회색주의자로 변모했다고 해도 한번 꾸기 시작한 꿈을 포기할 수는 없었습니다. 어느 연예인의 말처럼 '포기는 배추 셀 때나 쓰는 말'이니까요. 포기란 걸 모르는 상추였습니다. 이왕 꾼 꿈이라면 한 번쯤은 목숨을 걸고 덤벼야 하지 않겠어요?

이 땅에서

진짜 술꾼이 되려거든

목숨을 걸고 술을 마셔야 한다

이 땅에서

참된 연애를 하려거든

목숨을 걸고 연애를 해야 한다

이광웅 시인의 「목숨을 걸고」 중에서

　　스무 살 무렵의 문학청년 시절부터 제가 좋아하는 시입니다. 이 시의 구절처럼 목숨을 걸고 술이든 연애든 한 번 해야겠다고 다짐했습니다. 이렇게 쓰고 나니 마치 어마어마한 꿈을 꾼 것처럼 느껴지지만 꿈의 크기가 중요하겠어요? 꿈을 꾼다는 것이 중요하고, 조금씩 나아가는 것 자체가 목숨을 거는 것이겠지요.

　　복학 후 저는 막연하지만 희망을 꿈꾸었습니다. 그 작은 희망을 계기로 또 다른 희망을 꿈꾸었고, 또 다른 희망은 더 많은 희망을 불러왔습니다. 희망하고 또 희망하고 끊임없이 새로운 희망을 꿈꾸는 사람. 상추 이중선은 희망으로 가득한 사람입니다.

바보라고 불리운 사나이

어느 날 바보라 불리기 시작한 사람을 보았습니다. 서울 종로에서 탄탄한 길을 뿌리치고 보수세력의 한복판 부산으로 뛰어들겠다는 바보였죠. 어느 뉴스에서는 그를 진지하게 바라보았고, 어느 방송사에서는 조금은 우스꽝스럽게 그를 비추었습니다. 당선 가능한 지역구를 버리고 동과 서의 보이지 않는 경계를 허물겠다며 혈혈단신 적진 한복판으로 뛰어든 사람.

당시 많은 이들처럼 저도 그의 신념에 감탄할 뿐 얼마 되지 않아 포기할 거라고 생각했습니다. 밀레니엄이 시작된 2000년 무렵은 동서의 지역감정이 DMZ의 휴전선처럼 견고했거든요.

"여러분! 혼자서 말을 하려고 하니까 말이 막혀서 잘 안 나옵니다."

우연히 보던 영상의 한 장면에서 저는 말을 잃었습니다. 그는 관심조차 두지 않는 사람들을 향해 연신 말을 걸었고, 사람들은 그를 투명인간처럼 홀로 남겨둔 채 일상 속을 무표정하게 걷고 있었습니다. 사람들에게 말을 건네면 그의 말은 외면하는 사람들의 뒷모습에 채여 공터 담벼락에서 혼자 뛰놀았습니다. 허허벌판 공터를 맴돌고 있었던 그의 말들. 부산 사람들은 그 바보에게 '우리는 망해도 한나라당이다, 여기서 뭐 하노? 헛짓한다.'라는 말을 했죠.

"이번에 노무현 후보를 낙선시켜야 부산죽이기에 골몰하는 김대중 정권이 정신 차린다."

"여러분 살림살이 나아지셨습니까?" "네."

"살림살이 나아지셨다는 분들은 전라도에서 오셨나?"

"허황되게도, 전라도 당인 민주당에서, 영남 출신이면서 차기 대권 주자 운운하는 얼빠진 사람이 한 사람 있습니다."

당시 한나라당 부산광역시 북구·강서구 허태열 후보

그 뒤로 저는 국회의원 노무현의 기사를 읽기 시작했습니다. 그가 어떤 정치인인지, 그가 어떤 성향과 어떤 정치색을 띠고 누구를 신봉하는 것인지 궁금했거든요. 난생처음 정치인이 궁금해지는 상황. 솔직히 누가 잘 알지도 못하는 정치인에게 관심을 보이겠어요. 그것도 자기가 사는 지역도 아닌 멀고 먼 서울과 부산에서 출마한 정치인에게. 하지만 그날 보았던 뉴스 때문에 저는 노무현이라는 사람에 대해 알아가기 시작했습니다. 그의 기사를 찾아 읽었고, 그가 쓴 책을 찾아 읽었습니다. 전라도 사내가 부산에서 출마한 한 사내를 궁금해 하기 시작한 것이지요.

동서 화합이라는 전대미문의 봇짐을 메고 진심으로 다가가는 그를 알아주는 사람들이 하나 둘 생겨나기 시작했습니다. 바보라고 손가락질하고 비아냥대던 놀림에도 아랑곳없이 다가가 자신의 진심을 이야기하고 다른 사람들의 이야기를 들어주는 노무현 의원이었죠. 텅 빈 공터 같던 그의 유세장에 사람들이 하나 둘 모여들었습니다. 그리고 그의 목소리에 귀를 기울이고 그의 이야기에 공감하기 시작했습니다. 어느새 부산광역시 북구·강서구에 노무현의 바람이 불기 시작한 것이었습니다.

저는 다시 한 번 충격을 받았습니다. 벽이라고 느꼈던 지역갈등 앞에서 사람들이 마음을 열기 시작했다는 걸 노무현이라는 사내를 통해 목격했으니까요.

네, 맞습니다. 그동안 정치꾼들은 노력이라는 걸 하지 않았습니다. 오직 기득권을 지키기 위해 자신의 텃밭인 지역구에서 왕 노릇에 심취했고, 변화와 개혁과 제도개선은 철저하게 외면해

왔으니까요.

그런데 노무현은 스물 일고여덟 살 즈음의 저에게 대학에서는 배울 수 없는 귀한 것들을 가르쳐주었습니다. 시민들에게 진심으로 다가갈 것, 진심 어린 귀로 시민들의 목소리를 들을 것, 그리고 시민들에게 최선의 길을 제시할 것.

2000년 국회의원 선거 여론조사에서 노무현은 당당히 1위를 차지했습니다. 하지만 그 1위가 독이 되어 돌아오리라는 것은 아무도 예상하지 못했죠. 상대 후보는 집요하게 지역감정을 들먹였습니다. 당시 대통령이던 김대중 대통령이 '경상도를 경제적으로 압살하고 있다.'면서 그 유명한 '우리가 남이가?'와 같은 말들, 차마 이 글에 옮겨 적지 못할 정도로 저급하고 추악한 말들이 넘쳐났죠.

그해, 노짱 노무현은 당선의 기쁨을 누리지 못했습니다. 저급하고 추악한 말들의 놀음에 지고 만 것이죠. 하지만 노무현은 진게 아니었습니다. 2000년 국회의원 선거는 결국 바보 노무현의 승리였죠. 그 패배의 선거가 장차 국민의 승리로 이어지는 초석이 되었습니다.

노짱 노무현과의 인연은 그렇게 시작되었습니다. 저는 '상추'라는 닉네임으로 노사모 활동을 시작하게 되었고, 노무현 대통령은 '노짱'으로 불리며 새로운 정치질서와 시민참여 정치의 시대를 열었습니다. 보고 배울 게 너무 많아서 바보 같은 사내, 그 사내 덕에 저는 사회를 배우게 되었고 사람들에 대해 배우게 되었고 무엇이 진심인지 배우게 되었습니다.

그렇게 '상추' 이중선의 스물일곱과 스물여덟의 시간이 폭풍처럼 지나가고 있었습니다.

노사모의 탄생, 상추의 시작

많은 분들이 '상추'라는 호칭에 대해 물어봅니다. 그분들에게 저는 '이중선'이라는 이름보다 '상추'라는 호칭으로 더 친숙하니까요. 제가 본명보다 '상추'라는 별명으로 더 많이 알려지게 된 사연을 말하기 전에 해야 할 이야기가 있습니다. 그 이야기를 하고 '상추'라는 호칭에 얽힌 사연을 설명해 드릴게요. 사실 대단한 건 아니지만요.

쓰라린 마음을 다독이며 잠이 들었다. 그런데, 다음날 아침 눈을 뜨니 상상하지 못했던 일들이 나를 기다리고 있었다. 수많은 시민들이 내 홈페이지 '노하우'를 찾아와 밤새 울분에 찬 글을 소나기처럼 쏟아 놓았다. 언론의 인터뷰 요청이 밀물처럼 들어왔다. 어떤 당선자도 그렇게 뜨거운 언론의 관심을 받지 못했다. 인터넷에는 부산 시민을 원망하고 비난하는 글이 많앗고, 기자들도 부산 시민이 원망스럽지 않으냐고 물었다. 나는 홈페이지에 감사의 글을 올리면서 부산 시민들을 비난하지 말 것을 부탁했다. "이 아픔을 잊는 데는 시간이 약이겠지요. 또 털고 일어나야지요. 농부가 밭을 탓할 수 있겠습니까?" 하루 앞도 내다보지 못하는 것이 인생이라더니, 그렇게 또 새로운 날들을 맞이했다. (…중략…) '바보 노무현'을 좋아하게 된 사람들이 모임을 만들었다. 총선에서 진 날 밤, '노하우'홈페이지에 글잔치가 벌어졌을 때 누가 제안을 했다. '우리 따로 모이자!' 2000년 6월 6일 대전대학교 앞 조그만 PC방에 60명이 모였다. 여기서 '노무현을 사랑하는 사람들의 모임', 노사모 창립총회를 했다.

노무현 대통령 자서전 『운명이다』 161~163쪽

노무현을 알아가면서 당시 국회의원 노무현의 홈페이지 '노하우'는 저의 놀이터였습니다. 다양한 사람들과 소통을 하고 이야기를 했습니다. 정치적 색깔이 아닌 사는 이야기들이 주였지요. 요즘 말로 커뮤니티였던 셈이었죠. 일상생활에 대한 수다도 있었고 슬픈 이야기, 기쁜 이야기, 억울한 이야기와 노짱 노무현의 이야기들. '노하우'를 드나드는 이들은 노무현을 알고 싶어 했던 사람들이었고 사람에게 다가가는 노무현이 좋아서 모인 사람들이었지요. 그러다 '늙은 여우'라는 닉네임을 쓰는 분이 우리도 팬클럽을 만들자고 제안을 했습니다. '가수들도 팬클럽이 있는데 왜 정치인이라고 팬클럽이 없어?' 하면서요. 정당 가입도 아니었고 그렇다고 정치적 색깔에 물든 단체도 아니었습니다. 연예인 팬클럽과 같은 정치인의 팬클럽, 그렇게 2000년 6월 6일 노사모는 시작되었습니다.

노무현이 좋아서 노사모 활동을 한 것도 있지만 사실은 노사모 사람들이 좋아서 노사모를 열심히 했습니다. 연예인을 좋아하는 팬클럽 회원들도 연예인을 좋아해서 모였지만, 그 연예인을 같이 좋아하고 그 연예인에 대해 이야기하면서 더 친해지는 것처럼 말이죠. 함께 이야기 나누고 함께 좋아해 주는 사람들이 있으니 노사모 사람들을 만나면 더 신나고 더 즐거웠던 것이죠. '상추'님, '늙은 여우'님, '미우미우'님, '가을 하늘'님, '변산 노을'님, '수현엄마'님, '동해바다'님, '절세미녀'님 등등 이렇게 이름이 아닌 닉네임을 부르면서 말이죠.

자, 그럼 '상추'에 대한 비밀을 공개해야 할 시점이군요. 그런데 정말 알고 싶은 거, 비밀 같은 거를 막상 듣고 나면 김빠진다는 것, 다들 알고 계시죠?

'노하우'에 회원 가입을 하면서 닉네임은 무엇으로 할까? 아주 짧은 고민을 했습니다. 여러분들도 어디엔가 닉네임을 정할 때 잠깐 고민은 하겠지만 큰 고민을 하지는 않잖아요. 저도 그랬습니다. 아주 짧은 순간, 왜 마요네즈가 생각났을까요? 광고 속 마요네즈가 왜 제 머릿속에 떠올랐을까요? 싱싱하고 물기를 머금은, 슬로우비디오로 툭툭 털면 싱그러운 물방울이 사방으로 퍼지는 상추와 함께.

여하튼 노사모 사람들이 좋아서 여기저기 돌아다니게 되었습니다. 대전도 가고 광주도 가고 그랬지요. 그 무렵이 앞서 밝혔던 복학한 직후였습니다. 앞날에 대한 진지한 고민도 했고 미래에 대해 암울한 마음이 들기도 하던 때였죠. 그 시절의 저는 꽤 가난했습니다. 가난과 너무 친숙해서 누구를 만난다는 게 부담이 되는 때였지요. 슬픈 말이지만, 누구를 만난다는 건 돈이 든다는 뜻이잖아요. 저는 아직 대학을 졸업하지 못한 20대여서 다들 동생처럼 대해주면서 밥값이나 술값을 면제해줘서 걱정이 없었지만 제 마음속에는 늘 미안한 마음이 있었습니다. 물론 당시 노사모에는 저보다 더 어린 친구도 있었지만.

당시 제 주머니 사정으로 여기저기 다니는 것은 부담이 되었습니다. 그래서 20대의 치기로 "호남 노사모 말고 전북 노사모로 독립합시다."라는 이야기를 꺼냈습니다. 투정이라면 투정이었고,

치기 어린 폭탄 발언이었던 거죠. 전북 노사모가 만들어지면 교통비는 아낄 수 있다는 꼼수 아닌 꼼수였다고 할까요? 물론 호남이라는 명제에서 벗어나 '전북 노사모'라는 독립체에 대한 희망도 있었지요. 그런데 다들 '그래, 그렇게 해.' '전북 노사모, 파이팅!' 이러는 게 아니겠어요? 몇몇은 말리고 몇몇은 '상추님, 왜 그래?'라고 할 줄 알았는데 말이죠. 치기 어린 한마디에 저는 '전북 노사모' 독립의 주체가 되어버렸습니다.

그야말로 좌충우돌이었습니다. 당시 교수님 연구실에서 상주하던 저는 온종일 연구실 전화기를 붙들고 전라북도에 적을 둔 노사모 회원들에게 일일이 전화를 걸었습니다. 상황을 설명하고 '전북 노사모'의 밑그림을 그리기 시작했습니다. 많은 이야기와 사연이 '전북 노사모'에서 만들어졌습니다.

어찌 보면 그날의 '상추'가 오늘의 '상추'를 만든 게 아닌지, 그 '상추'가 오늘의 이중선을 만든 것인지도 모르겠습니다. 물기 머금은 싱싱하고 푸른 상추는 여전히 제 닉네임입니다. 툭툭 털면 청량한 물방울이 화사하게 퍼지는 상추. 혹시 저를 만나신다면 '상추'라고 크게 불러주셔도 좋습니다. 저는 늘 한결같은 '상추' 이중선이니까요.

즐겁게 살기 위해 사표를 쓰다

노사모는 즐거움이었습니다. 전북 노사모는 화합과 어울림, 그 자체였습니다. 대의 민주정치가 아닌 직접 민주정치의 발로 였지요. 서로의 정치적 의견을 개진하고 그 의견이 토론과 토의로 이어지고 나와 다른 이의 생각을 경청하고 받아들이는 일. 그렇지만 노사모는 정치에 목적을 둔 사람들의 모임이 아니었습니다. 앞서 말한 것처럼 노사모는 노무현의 팬클럽이었을 뿐이니까요.

저는 노사모 활동을 즐겼습니다. 온라인으로 이야기하고 직접 만나서 웃고 떠들었습니다. 서울에서 모이면 서울로, 부산에서 모이면 부산으로, 강원도에서 모이면 강원도로 어김없이 향했지요. 이런 저를 보고 친한 몇몇은 '노사모에 빠졌다.'고 이야기했지만 저는 개의치 않았습니다. 사람들이 좋은 걸 어떻게 하겠어요. 제 마음이 내키는 대로 한 것뿐이었죠.

하지만 '노사모에 빠졌다.'라는 표현은 과거에도 그랬고 지금도 그렇지만 좋아하지는 않습니다. 노사모 회원들이 좋았고 그들과 어울리는 게 좋았을 뿐이지요. 비가 오는 날에는 비가 온다는 핑계로, 노래를 부르고 싶은 날에는 노래를 핑계로, 해가 쨍쨍한 날에는 해를 핑계로 만났습니다. 노사모 사람들과의 만남은 즐겁고 반갑고 행복했습니다. 그 시절에 만난 분들은 저의 가장 든든한 자산이 되었습니다.

노사모 사람들을 만나기 위해, 그분들과의 관계를 유지하기 위해 저는 아르바이트를 시작했습니다. 원래부터 가난했고, 아직 공부를 하는 대학생이었으니 아르바이트는 당연한 것이었지요. 중학생들을 가르치면서 돈을 벌었습니다. 당시 저는 익산 원광대학병원 옆 작은 마을인 서영부락에서 자취를 했습니다. 서영부락은 집세가 저렴한 단칸 자취방이 빼곡히 들어선 곳이었습니다. 1년 치 사글세가 50~60만원이었을 만큼 초라한 곳이었지만 저는 그곳이 좋았습니다. 등을 눕힐 곳이 있다는 행복. 비록 단칸방이지만 누구의 눈치를 보지 않아도 되는 저만의 공간이었으니까요.

1년 치 사글세 60만원을 선 지급하고 살았습니다. 1년에 60만원이니 한 달에 5만 원꼴. 요즘 원룸처럼 화장실과 욕실은 딸

려있지 않았고 손바닥만 한 방과 부엌이 전부였습니다. 화장실은 공동화장실이었고요.

당시 아르바이트를 하는 학원으로 가려면 자취방에서 1시간 남짓 걸어야 했습니다. 버스를 타면 15분 만에 도착할 거리였지만 버스비를 아끼기 위해 매일 걸었습니다. 가끔 게으름을 피운 날이면 선배나 후배의 자전거를 빌려 타기도 했지요. 그렇게 아끼고 아끼다가 월급을 받으면 그동안 신세졌던 노사모 후배들을 불러 조촐하게 한 턱 내곤 했습니다. 한 달에 한두 번이었지만 왜 그리 좋았던지.

노사모는 평등했습니다. 지위 고하를 막론하고 닉네임으로 서로를 불렀으니까요. 당시 대학생이었던 '상추' 이중선은 대학교수였던 분을 '가을하늘'님이라 불렀고 중소기업 사장님도 '누구누구'님이라고 불렀습니다. 그분들도 저를 20대의 대학생 이중선이 아니라 '상추'님으로 불러주었습니다. 사석이었다면 깍듯이 '교수님'이나 '사장님'이라고 불렀어야 하는데 말이죠. 노사모가 아니었다면 이러한 평등적 관계가 수직적 관계로 바뀌지 않았을까요?

그렇게 아르바이트와 노사모를 활동을 병행하던 와중에 저는 덜컥 취직을 하게 되었습니다. 당시에도 지금만큼 취업이 힘들었지만 저는 운이 좋았습니다. 전북 노사모 부대표 일꾼으로 노사모 활동을 적극적으로 하고 있던 저는 여하튼 취직을 했습니다. 첫 월급을 받아서 부모님 내의도 사드렸고 그동안 신세졌던 교수님과 선후배와 동기들에게도 감사하다는 작은 답례도 했지요.

제가 취직을 한 곳은 대학병원이었습니다. 대학 교직원이 된 것입니다. 취직을 하자 가장 좋았던 점은 매끼 밥을 먹을 수 있다는 것이었습니다. 당시 직원식당은 한 끼에 천원이었습니다. 아침 점심 저녁을 꼬박꼬박 챙겨 먹어도 3천원이면 해결되었죠. 자취방과도 가까워서 저는 쉬는 날에도 직원식당으로 가서 끼니를 해결했습니다.

취직하고 나니 잇속이 밝아지더군요. 제 한 달 생활비를 처음으로 가늠하게 되었습니다. 1년 방세가 60만원, 한 달에 5만원. 거기에 삼시세끼 3천원, 30일이면 9만원. 자잘한 지출 이것저것을 더하고 혹시 모를 일에 대비해 5만원의 비상금까지 챙긴다면 한 달에 25만원으로 생활할 수 있을 것 같았습니다. 박봉이긴 했지만 25만원을 뺀 나머지 금액은 평소 제가 만져보지 못한 거금이었지요.

하지만 직장의 설렘도 잠시, 저는 회식 자리에서 부서장을 찾아갑니다. 그리고는 입사한 지 두어 달밖에 안 된 신참이 사표를 쓴다는 폭탄 발언을 하게 되었죠. 놀란 부서장의 얼굴은 지금도 잊히지 않습니다. 얼마나 어이가 없었을까요? 남들은 못 들어와서 안달인 곳을 들어온 지 얼마 되지도 않아서 그만둔다고 하니 말이죠.

부서장은 그만두려는 이유를 묻더군요. 저는 전북 노사모 대표 일꾼으로서 노무현을 대통령 만드는 일에 전념하고 싶다고 말했습니다. 그 뒤 제가 그 자리를 박차고 나왔는지 아니면 더 많은 이야기를 나누었는지는 기억이 나지 않습니다. 다만, 너무나 황당해 하는 부서장의 얼굴 표정은 아직도 선명하게 떠오릅니다.

그 이후 저는 다시 가난해졌습니다. 두 달 동안의 직장 생활은 저를 부유하게 만들지는 못했지만, 잠시나마 다른 삶을 경험할 수 있었던 소중한 시간이었습니다. 그렇게 두 달 만에 제자리로 돌아왔고, 저는 바보 같은 사내 노무현을 위해 최선을 다해 뛰기 시작했습니다.

노짱 노무현은 시민에게 다가온 이였고, 그가 대통령이 되면 조금은 더 살기가 좋아질 거라고, 누구든지 더는 눈치 보지 않고 사는 세상이 될 거라고 믿었으니까요.

많은 사람들이 저를 보고 미쳤다고 했습니다. 생계수단인 직장을, 그것도 남들은 못 들어가서 안달인 좋은 직장을 때려치웠다고 말이죠. 하지만 제 천성으로는 그때 그런 선택을 할 수밖에 없었습니다. 저를 가장 잘 아는 사람은 저니까요. 저는 두 가지 일을 동시에 잘하지는 못합니다. 하나를 완벽하게 처리한 후에 다른 일을 진행하는 사람입니다. 두 가지 일을 병행하면 이 일도 저 일도 모두 어설픈 결과를 초래하고 만다는 걸 저는 경험을 통해 잘 알고 있었습니다. 그러기에 퇴직이라는 무리수를 두고 만 것이었죠.

아직도 몇몇 이들은 저에게 묻습니다. 그때의 결정을 후회하지 않느냐고. 그럴 때마다 저는 쓴웃음만 지어보였는데, 지금에야 제대로 밝힙니다. 저는 한 번도 후회한 적이 없었고 앞으로도 절대로 후회하지 않을 것이라고.

좋은 사내를 만나 함께 꿈을 꾸었고, 좋은 사내 덕에 좋은 정치적 신념을 가지게 되었고, 좋은 사내 덕에 더 좋은 세상을 조금 일찍 만났으니 후회할 일은 없습니다. 좋은 사내, 그래서 바보 같은 사내를 만나서 즐거웠고, 그를 위해 뛰느라 다시 가난해졌지만 참으로 즐겁고 즐거웠을 뿐입니다. 저도 그 사내처럼 누군가에게 즐거움을 줄 수 있다면 더할 나위 없이 행복할 것입니다.

가난했지만 아름다웠던 시절

직장을 때려치웠습니다. 그만두었다는 표현보다 때려치웠다가 맞는 것 같습니다. 거짓과 위선의 가면을 쓴 정치 뉴스만 보다가 나와 똑같은 평범한 정치인을 알게 되었으니까요. 그로 인해 난생처음 정치에 관심을 두었고, 이런 정치인이라면 변화의 바람을 일으킬 수 있다고 믿었죠. 그 정치인을 응원하기 위해 하나 둘 모인 사람이 열이 되고 스물이 되더니 우리가 되었고 그 우리가 모여서 마침내 거대한 물결을 이루었으니까요.

막막했냐고요? 돌이켜 보면 잠시 막막했었던 것 같습니다. 직장까지 때려치우고 최선을 다해 뛰려고 했던 전북 노사모가 분란에 휩싸이게 되었으니까요. 당시 전북 노사모의 분란은 어쩌면 당연한 수순이었는지도 모릅니다.

전북 노사모의 시작은 7명이었습니다. 전라북도 지역에 적을 둔 노사모 회원은 400명 내외였지만 첫 모임은 저와 제 후배들을 포함한 7명이었습니다. 7명으로 시작한 전북 노사모가 우리가 되더니 우리들이 되었던 것이죠. 그렇다 보니 다양한 의견과 안건이 제시되었고, 누구는 찬성을 하고 누구는 반대를 하고 또 누구는 소수의견을 관철하려고 했죠.

민주주의는 다양한 의견이 표출되어야 하고, 그 다양한 의견을 토론과 토의를 통해 하나의 의견으로 통합되는 과정입니다. 고대 아테네에서도 하나의 의견을 도출하기 위해 수많은 토론과 토의 과정이 있었으니, 전북 노사모 역시 그러할 수밖에 없었던 거지요. 그런데 우리는 그러한 과정을 겪어본 적이 없었습니다. 교과서를 통해 민주주의 이론을 배우기는 했지만, 실제로 의견을 제시하고 토론 토의를 하는 과정은 경험하지 못했습니다. '목소리 큰 사람이 이긴다.'는 말처럼 토론을 하다 밀리면 목소리를 높이거나 편을 가르는 일이 벌어졌고, 그런 모습을 씁쓸하게 바라보다 떠나는 이들도 있었습니다. 우리는 민주적 절차에 익숙하지 않았고, 그런 절차를 모른 채 자라왔으니까요.

한 번도 겪어보지 못한 분란에 휩싸이게 되자 저는 서울행을 결심했습니다. 어차피 직장도 없는데 내가 좋아하는 노무현 의원 옆에서 대선 운동을 돕자는 의도였습니다. 서울에 와서 많은 사람을 만났지요. 이 사람을 만나고 저 사람을 만나다 보니 저와 비슷한 사람이 한둘이 아니더군요. 직장을 접은 사람, 사업을 그만둔 사람, 사업체나 집을 팔고 온 사람 등등 다양한 인물들이 있었습니다. 전부 노짱 노무현 한 명만 바라보고 모인 사람들이었죠. 그들은 어떤 이해관계가 있거나 이권을 챙기려고 하는 사람들이 아니었습니다. 오롯이 바보 노무현을 돕기 위해 모인 거였습니다.

신명이 나고 즐거웠습니다. 노무현 후보가 가는 길마다 우리가 먼저 달려가 노래를 부르고 춤을 추고 구호를 외쳤습니다. 처음부터 손발이 척척 맞지는 않았습니다. 구호는 엉성했고 누구는 부끄러워했고 누구는 노무현 이름만 악다구니 써가며 외치기도 했지요. 한마디로 오합지졸. 우리는 갈팡질팡했고 저쪽에서 우르르 이쪽에서 우르르 몰려다니기에 바빴죠.

그러면서 이대로는 안 된다는 걸 조금씩 깨닫기 시작했습니다. 구호가 만들어지고 점심시간과 저녁시간에 틈틈이 노랫말을 개사해서 배우기도 했지요. 노래 중간 중간에 간단한 율동도 넣고 박수와 함성도 넣었습니다. 노래를 부르다가 옆 사람을 쳐다보면 눈웃음이 절로 났고 그러면서 부끄러움도 점점 사라져갔습니다. 오합지졸에 불과했던 사람들이 점점 하나가 되고 우리가 되는 마법을 체감하기 시작한 것이죠.

적게는 30~40명 많을 때는 100명이 넘는 인원이 함께 다녔습니다. 같이 밥을 먹고 구호를 외치고 커피를 마시고 노래를 불렀습니다. 같이 술을 마시고 어깨동무하고 율동도 했지요. 예전에 어느 고약한 신문사에서는 우리 노사모를 깎아내리기 위해 돈으로 동원되었다고 했죠. 그 신문을 보며 우리는 배꼽을 잡고 웃었습니다. 가면을 쓴 위정자와 그들의 나팔수 노릇을 하는 언론은 이런 일을 겪어보지도 못했고 우리 같은 사람은 만나본 적도 없었을 테니. 우리는 그들의 말놀음이 우스울 뿐이었습니다. 취재 한 번 오지 않은 기자가 노사모에 대해 함부로 평을 하고 노무현을 마치 거대한 돈다발을 쥔 왕처럼 표현했으니 말이죠.

노짱 노무현은 가난했습니다. 아마 저보다 더 가난했을 겁니다. 당시 노무현 의원이 우리를 위해 밥값을 내거나 혹은 어떤 비용을 냈다면 우리는 다들 집으로 돌아갔을 겁니다.

엄청나게 많은 액수는 아니었지만 노사모도 돈은 필요했습니다. 이동 경비가 있어야 하고 밥을 먹어야 하고 먼 지역을 갈 때는 숙박비도 필요했습니다. 그렇지만 누가 그 돈을 내주겠어요? 설사 내준다 해도 밥 한 끼 정도는 얻어먹을 수 있었겠죠. 하지만 두 번은 얻어먹지 못했을 겁니다. 우리의 입이 몇 갠데요.

노짱도 가난했고 노사모도 가난했으므로 우리는 비용을 각출했습니다. 밥을 먹을 때도 자신의 밥값은 자신이, 교통비 역시 각

자의 호주머니에서 나왔습니다. 그렇지만 누구 하나 불평을 하거나 남의 도움을 바라지 않았습니다. 우리는 가난했지만 올바름과 정의로움에 공감했고, 노짱 노무현 역시 자신을 지지해주는 우리에게 공감했습니다. 당시 노짱님은 자신을 따르는 노사모 회원들에게 빚을 지고 있다고 생각했을지도 모릅니다. 노사모뿐만이 아니라, 이름 모를 수많은 지지자들에게 빚을 지고 있다고 여겼기에 더 당당하게 옳은 길을 선택했던 게 아닐까요?

당시 노짱과 노사모는 한없이 즐겁고 신명이 났습니다. 가난했지만 아름다웠던 시절이었습니다. 정치판이 즐거웠던 건 2002년이 최초이자 마지막이 될지도 모릅니다.

촌놈, 대스타를 만나다

"노무현을 대통령 만드는 것이 노사모의 목표라고 했다. 여기서 만난 사람들은 그동안 정치권에서 한 번도 본 적이 없는 시민들이었다. 회원이 몇 천 명 수준으로 늘어나면서 노사모는 정말 큰 힘이 되었다. 거대 보수언론과 싸울 때 이 사람들이 종횡무진 인터넷을 누비면서 사이버 여론을 만들어나갔다. 소액이지만 여러 사람이 후원금을 보내 주었다. 모임을 하면 십시일반 돈을 걷어서 스스로 모든 비용을 치렀다. 늘 돈에 쪼들리던 나에게는 구세주나 다름없었다. (…중략…) 노사모는 좌절감에 빠졌던 나에게 용기를 주었다. 내가 도와달라고 하지도 않았는데 시민들 스스로 노무현을 지지하는 조직을 만들어 활동하면서 조금도 생색을 내지 않았다. 그런 사람들의 성원을 받는 것은 행복한 특권이었다. 2001년 기자간담회에서 차기 대통령 선거에 나갈 뜻을 밝혔을 때 내가 마음으로 기댄 것은 바로 노사모의 성원이었다."

노무현 대통령 자서전 『운명이다』 163~165쪽

가끔 지치고 힘들 때면 노짱께서 쓰신 책들을 펼쳐 읽습니
다. 저의 잘못으로 인한 힘듦이든 외부의 영향으로 인한 힘듦이
든, 종종 노짱의 속마음을 들여다보듯 읽습니다. 그러면 그와 함
께 했던 일들이 생각나고 그의 곁에서 함께 울고 웃었던 순간들
이 생각나기도 합니다. 하지만 단지 추억을 곱씹기 위해서 읽는
건 아닙니다. 수많은 고뇌와 고통을 짊어졌던 노짱이었던 것을
알기에 그의 생각과 번민을 통해 지금 내가 처한 상황을 이겨내
고자 하는 이유가 크지요. 30분이건 1시간이건 노짱의 문장들에
귀 기울이다 보면 노짱은 이런 문제에서 이렇게 했겠지, 라는 생
각이 문득 듭니다. 그러면 저는 재빨리 메모를 하면서 그 문제에
대한 해결점을 찾으려 노력합니다. 힘든 일을 피하지 않고 싸우
고 맞닥뜨려 해결하고자 하는 것이죠. 노짱 노무현 대통령님 곁
에서 배운 것처럼 말이죠.

앞에서 말한 것처럼 전북 노사모가 분란에 휩싸이면서 지금까
지 경험해보지 못했던 많은 일을 겪었습니다. 욕을 듣는 일은 다
반사였고 이쪽이냐 아니면 저쪽이냐의 갈림길에 서기도 했습니
다. 즐겁고 유쾌했던 노사모가 아닌 불편하고 괴로운 노사모로

변해 갔습니다. 노사모가 변한 게 아니라 사람들이 늘어나면서 이권이 개입되고 세력들이 형성된 것이었죠. 서로의 이해관계로 인해 불화도 잦아지게 되었고요.

그러던 차에 서울에서 걸려온 한 통의 전화를 받았습니다. 일손이 필요한데 와서 도와주었으면 좋겠다는 전화였지요. 직장도 그만두었고 내심 서울행을 생각하고 있던 차에 저는 앞뒤 잴 틈이 없었죠. 서울로 향했습니다. 내내 전라북도에 적을 두고 살아왔던 제가 난생 처음 서울에서 생활한다는 설렘은 없었습니다. 막막하기도 했고 막연하기도 했습니다. 지인 몇이 서울에 있기 했지만, 생면부지인 곳에서의 생활이었으니까요. 촌놈이 딸랑 가방 한 개 들고 상경했습니다. 그때의 일 때문인지 드라마에서 종종 보는 촌놈 서울 입성기는 제일 공감되는 장면이기도 합니다.

저의 서울행은 노사모 전국 대표였던 명계남 배우와 고문을 맡고 있던 문성근 배우의 권유로 이루어졌습니다. 유명한 배우이자 방송진행자였던 당시 문성근 대표를 저는 노무현 대통령님처럼 문짝님이라고 불렀습니다. 그렇게 문성근 대표의 비서를 맡게 된 것은 저에겐 행운이자 축복이었습니다. 순박한 시골 촌놈이 문짝님 덕에 유명세를 치를 수 있었으니까요.

저는 문성근 대표 곁에서 많은 것을 배우면서 그의 일거수일
투족을 그림자처럼 쫓았습니다. 비서였기에 당연한 것이었지만,
그에게는 배울 게 참 많았습니다. 문성근 대표의 행동 하나하나
를 익히면서 그의 겸손함도 배우려고 노력했습니다. 그의 넉넉
한 인품과 바른 성품에 감탄하면서 저도 넉넉해지고 바르려고
노력하기 시작했습니다. 어찌 보면 지금의 상추를 만든 건 두 사
내의 공이 가장 크다고 할 수 있습니다. 바로 노무현 대통령님과
문성근 대표님이죠.

문성근 대표를 수행하면서 전국을 다녔습니다. 전국 여기저기
로 강연을 다니는 문짝님을 도우면서 자연스레 그의 강연을 듣
게 되었습니다. 바른 정치, 바른 사고, 바른 시선을 어떻게 함양

하고 어떻게 펼칠 것인지에 대해 저절로 공부하게 되었지요. 개혁을 위해서는 무엇을 바라보고 무엇을 개선해야 하는지에 관해서도 알게 되었습니다. 자연스럽게 정치에 대해 배우게 되었고, 현실의 문제와 나아갈 길들에 대해서도 알게 되었습니다.

당시 문성근 대표는 한창 잘나가는 배우였고 유명한 TV 프로그램 「그것이 알고 싶다」 진행을 그만둔 지 얼마 안 된 시점이었으니 인기가 대단했습니다. 그의 뜨거운 인기만큼 사람들 사이에서 상추 이중선의 인지도도 높아지기 시작했습니다. 인지도라고 이야기하니 너무 거창하네요. 문성근 대표의 비서인 저를 통해 일정을 정하고 강연이나 특강 등의 조율도 저를 통해 이루어질 수밖에 없으니 당연한 것이었죠.

그 무렵 노사모 회원 대부분은 현장에서 목소리를 높이고 발로 뛰었습니다. 더운 날 추운 날 따지지 않고 노짱 노무현에 대한 지지를 이끌어 내기 위해 길바닥에서 노래하고 춤을 추었으니까요. 저도 그분들과 함께 한 날들은 많았지만 그분들만큼 노상에서 지낸 시간은 많지 않았습니다. 그러기에 노사모 회원들에게는 항상 미안하고 죄스러운 마음이었지요. 그런데 정작 그분들은 유명세를 치르지 않았지만 저는 유명세를 타기 시작했으니 미안함은 더욱 클 수밖에 없었습니다.

문성근 대표를 수행하면서 저는 많은 공부를 했습니다. 문성
근 대표만큼은 아니어도 바른 정치와 현실의 문제에 대해 저도
어느 정도는 알고 있어야 했으니까요. 그래야만 비서로서 문성
근 대표에게 누가 되지 않을 테니까요. 그래서 저는 운이 좋았다
고 말할 수 있습니다. 촌놈이 영화배우와 만났고 그 덕에 현실
정치와 이상적인 정치, 그리고 현실의 문제와도 대면할 수 있었
으니까요. 「그것이 알고 싶다」 진행자인 문성근 대표에게 언제든
그것에 관해 물으면 답도 들을 수 있었으니까요.

사람은 책보다 깊고 넓다

　문성근 대표가 어느 모임에 참석했는데 그 자리에서 어떤 분이 자신은 노사모 초장기 회원으로 활동을 엄청 열심히 했다고 하더랍니다. 그래서 문성근 대표가 "그럼, 상추 잘 아시겠네요?"라고 물었답니다. 그랬더니 그분은 "상추요? 잘 모르겠네요."라고 대답했답니다. 그 말에 문성근 대표가 "에이, 그럼 노사모 활동 열심히 하지 않으신 거네요."라고 했다는 일화가 있습니다.

　저는 그 이야기를 듣고 '내가 노사모 활동을 열심히 하긴 했구나.'라고 처음으로 생각했습니다. 솔직히 그 일화를 듣기 전까지 잘 몰랐습니다. 열심히 했는지, 혹은 열심히 하지 않았는지에 대해. 청렴한 노짱 노무현이 좋아서 그를 따랐고, 당시 해양수산부 장관을 그만두고 백수로 지내던 노짱을 대통령으로 만들기 위해 최선을 다했을 뿐이니까요. 그런 저의 활동이 다른 사람에게는 열심히 하는 모습으로 보였고 대견한 모습으로 비친 것 같았습니다. 어쩌면 문성근 대표의 비서를 맡게 된 것도 그런 이유 때문이었겠지요.

　문성근 대표의 비서를 맡게 된 이후 저는 많이 유명해졌습니다. 부끄럽지만 솔직히 고백하건데 문성근 대표 덕에 유명세를 치르다 보니 조금 겉넘은 면도 있었던 것 같습니다. 아니, 있었습니다. 이름만 대면 알만 한 사람들, 유명 정치인들을 수시로 만나다보니 마치 제가 잘난 것처럼 여겨질 때도 있었습니다. 많은 사람과 많은 단체에서 문성근 대표의 강연과 방문을 저에게 부탁하고 일정을 조율하다보니 기고만장했었지요. 저의 노력이나 능력에 의해서가 아니라, 다른 사람의 후광으로 유명해졌음에도 불구하고 잠시나마 스스로 유명인이 된 것처럼 착각했었지요. 지금 생각해 보면 다 부질없는 것이지만요.

　저의 그런 겉넘음은 오래 가지 않았습니다. 문성근 대표로 인해 유명세를 치르면서 시건방졌지만, 문성근 대표로 인해 저의 기고만장함이 꺾이게 되었으니까요. 문성근 대표와의 시간이 길어지면 길어질수록 저의 많은 부분이 변화하기 시작했습니다. 그는 누군가를 대할 때 신중한 태도를 갖는 것은 물론이고, 과장하지 않고 논리정연하게 말하려고 애쓰는 사람이었습니다. 저와 이야기를 나눌 때 역시 그랬습니다. 유명인이라서 그런지 남에게 책잡힐 일 없도록 행동거지를 조심하는 모습 역시 배울 점이었죠. 아버지인 문익환 목사님의 명성에 누가 되지 않게 노력하는 모습과 집안에 대한 헌신은 저에게 좋은 모범이었습니다. 그러다 보니 저의 겉넘음과 기고만장은 자연스럽게 고쳐질 수밖에 없었죠. 사람에게서 배운다는 것은 책보다 더 깊고 넓다는 걸 직접 깨우치게 된 것입니다.

문성근 대표와 저는 이동하는 차 안에서 다양한 이야기를 주고받았습니다. 신변잡기부터 문화, 경제, 정치, 국제사회와 같은 이야기들을 말이죠. 때로는 가볍게 스케치하듯 이야기 나눈 것들도 있었지만 묵직한 이야기도 많았습니다. 특히 만주에서의 집안 이야기와 문익환 목사님 관련 이야기는 생생하게 다가왔습니다. 지금도 종종 문익환 목사님의 평전을 읽을 때면 마치 문성근 대표의 목소리로 듣는 것 같은 착각이 들기도 하죠. 여하튼 그랬기에 저는 더욱더 공부할 수밖에 없었습니다. 학교에 다닐 때처럼 시험이나 강요에 의한 공부가 아니다 보니 재미가 있었습니다. 무언가를 알아가다가 궁금한 점이 생기면 문성근 대표에게 묻고, 문성근 대표가 다시 저에게 되묻고 하는 일들이 반복되었습니다. 그러다 보니 자연스럽게 지식이나 생각이 깊어질 수밖에 없었지요.

되돌아보면 당시 문성근 대표는 저의 스승 역할을 자처하신 게 아닌가 하는 생각이 듭니다. 문성근 대표가 물으면 저는 대답하기 위해 책을 뒤지게 되었으며, 이해하고 깨달은 뒤에는 다음 단계의 이야기를 하는 일이 반복되었으니 많이 배울 수밖에요. 문성근 대표와 함께 이동하는 차 안은 이야기의 장이었습니다. 서로의 개인사부터 수많은 화제와 논의를 주고받았습니다. 그런 시간을 가지면서 문성근 대표는 같이 일하는 동료로서도 스승으로서도 또 깨어 있는 시민으로서도 보고 배울 게 많은 분이라는 걸 깨달았습니다.

어디 문성근 대표뿐이었겠어요? 겉넘음과 시건방짐을 바로잡으려고 노력하기 시작하니 모든 사람에게서 배울 것투성이였습니다. 조금씩 제가 변모해가니 많은 분이 더욱 저를 아껴주셨습니다.

그럴수록 저는 넉살 좋게 많은 분들에게 다가가려고 노력했습니다. 저와 만나고 저와 일을 같이 했던 분들은 저를 평가할 때 이렇게 말하십니다.

"참 열심히 하는 친구입니다."

"유쾌하고 재미있는 사람입니다."

여전히 저는 제가 열심히 하는 친구인지 또는 유쾌하고 재미있는 친구인지 잘 알지 못합니다.

문성근 대표의 가방을 들고 다녔을 때부터 넉살 좋게 다가가려고 노력하고 있을 뿐입니다. 다양한 분들에게서 배울 게 많다는 걸 느낄 뿐입니다. 지금도 여전히 저는 배우고 익히고 있는 중입니다.

2부

더 치열하고
더 뜨겁게

대통령 출마를 선언하다

　2000년 선거에서 패배한 뒤 노짱 노무현은 언론의 주목을 받게 되었습니다. 견고했던 지역주의와 자기중심적 이익만 추구하는 선거판에서 전혀 다른 행보를 보인 노무현이었기에 가능했던 일이었죠. 하지만 시간이 지날수록 그의 뚝심 있는 행보는 어떠한 변화도 몰고 오지 못했습니다. 패배, 이 두 글자는 정치판에서는 사형선고나 마찬가지였으니까요. 그를 향한 언론의 환호도 잠시였고 그는 결국 잊히는 듯 보였습니다.

　하지만 웬걸요? 노짱 노무현을 중심으로 사람들이 모이기 시작했습니다. 이러한 배경에는 막 보급되기 시작한 인터넷의 힘이 컸습니다. 그때 인터넷이 없었더라면? 바보 같은 생각일지 모르지만, 만약 인터넷이 없었더라면 노무현이라는 좋은 정치인을 우리는 만날 수 없었겠지요. 저 역시 인터넷이 없었더라면 노짱과의 인연은 없었을 겁니다.

여하튼 언론에서조차 외면하는 노무현 곁으로 사람들이 모였습니다. 노사모와 노무현과의 만남은 복잡한 정치 이야기가 아니라 신변잡기와 농담이 주였습니다. 앞에서 말한 것처럼 연예인과 팬클럽 관계 딱 그 자리였습니다. 그런데 차츰 시간이 흐르면서 노사모는 단순한 팬클럽의 존재에만 머무르지 않게 되었습니다. 노짱 노무현의 열렬한 지지 세력으로 변모해 가기 시작했죠. 노무현의 일이라면 열렬히 지원하고 환호를 보내고 든든한 백이 되어주었습니다. 가난뱅이 노무현과 시민 세력 노사모, 이 둘의 만남은 시너지 효과가 상당했습니다. 2000년 국회의원 선거에 패배한 그가 이듬해 대통령 선거에 출사표를 던지는 전대미문의 일이 벌어졌으니까요.

2001년 11월 10일, '노무현과 함께 하는 사람들-무주 단합대회'가 열렸습니다. 민주당 대의원들과 노사모 회원들이 함께 하는 자리였죠. 무주 단합대회는 노무현에게는 무척 중요한 행사였습니다. 대통령 선거 출마를 은연중에 알린 대회였고 당시 이인제 후보에게 밀리는 당내 지지율을 끌어올리는 역할을 한 대회였기 때문이죠. 당시 노사모는 민주당 대의원들에게 노무현의 팬덤을 각인시키는 효과와 함께 지도자로서의 당위성을 입증하는 데 주력했습니다. 대의원 한 명 한 명에게 다가가 왜 노무현

일 수밖에 없는가를 알렸습니다. 그리고 노무현의 역할론과 함께 시민 집합체인 노사모를 알렸습니다. 반신반의하며 무주에 모였던 대의원들은 자발적으로 나서서 자신들에게 환호를 보내며 맞아주는 노사모를 보고 감탄을 연발했습니다. 많은 시민들이 자발적으로 나서 한 사람을 지지하고 추대하는 극적인 광경이었으니까요.

"이제 눈을 더욱 크게 떠봅시다. 우리 민주당만이 아니라 한국 정치의 판을 새로 짜서 개혁해야 합니다. 지역 구도를 헐어버리고 정책에 따라 정당을 꾸리는 정책 구도로 개편해야 할 것입니다. 우리 정치를 재편성하기 위해서 민주당이 먼저 해야할 일이 있습니다.

아까 제가 말씀 드렸듯이 탈 호남 해야 하고 '일인 지배 체제'를 해소해야 합니다. 대통령과 당권을 분리해서 대통령이 국회를 지배하지 않아야 합니다. 국회의원들은 대통령의 눈치를 살피지 않고 소신에 따라서 자유롭게 의정활동을 할 수 있는 국회가 되어야 합니다. 그러기 위해서는 당과 정이 분리되어야 합니다.

그리고 총리는 더 큰 권리를 가져야 합니다. 내각제를 지지하고 있는 많은 국민들이 있습니다. 당장 내각제 개헌은 어렵지만 우리 헌법 속에 내각제적 구성 요소를 충분히 살려 나가면 정부의 권한도 분산시킬 수 있습니다. 우리 대통령께서 일이 너무 많아서 중요한 일들을 감당하기에 힘이 듭니다.

또 공천권을 당원에게 돌려주어야 합니다. 공천권을 특정 정파가 마음대로 쥐고 있으니 국회의원이든 지구당 위원장이든 그들의 눈치를 살피지 않을 수가 없습니다. 그러다 보니 지나치게 비대한 권력을 가진 측근이 생겨나게 되어서 지금 국민들에게 민주당이 지탄을 받고 있는 것을 부끄럽지만 인정할 수밖에 없는 현실입니다. 이제 공천권을 당원들에게 돌려주어 민주적 정당이 되어야 합니다. 상향식 민주주의를 하는 새로운 정당으로 태어나야 합니다."

'노무현과 함께 하는 사람들-무주 단합대회' 연설 중에서

무주 단합대회는 성공적이었습니다. 2,000여 명의 민주당 대의원에게 노무현이라는 정치인과 노사모라는 단체는 깊은 인상을 심어주었습니다. 얼떨결에 환호를 받으며 입장했던 대의원들은 노무현의 진심 어린 연설과 노사모의 열렬한 지지에 감동해서 퇴장할 때는 노사모 회원들의 손을 잡고 함께 구호를 외치고 환호했습니다. 노무현과 노사모의 진심 어린 노력이 값진 결과로 이어지는 광경에 우리들은 감격할 수밖에 없었죠. 그날을 계기로 노사모는 더 치열해지고 뜨거워졌습니다. 치열하고 뜨거워지면서 분란이 슬그머니 고개를 들기도 했죠.

분란 속에서도 노사모는 단 하나의 목표를 향해 나아갔습니다. 노사모의 덩치가 커지고 세력화되면서 여러 분쟁이 있었지만 노사모의 진심은 변하지 않았습니다. 김대중 대통령에 이어 좋은 대통령을 바라는 꿈 말이죠.

무주에서 노짱 노무현은 대통령 출마를 언급했습니다. 우리는 공식적 선언이라 여겼지만, 언론은 '노무현 대통령 출마 선언'에 대한 언급이 전혀 없었습니다. 공식 석상에서 출마 선언을 하지 않았다는 게 이유였지요. 지금도 그렇지만 언론은 주류가 아닌 비주류에게 귀를 기울인 적이 없습니다. 결국 노무현은 2001년 12월 10일 서울 힐튼호텔에서 열린 출판기념회 겸 후원회 석상에서 대권 도전을 공식 선언했습니다.

"저 높디높은 청와대 담장 안에 가만히 계시는 대통령이 아니라 낮은 곳으로 내려와서 여러분과 함께 하는 대통령이 탄생할 겁니다. 때로는 경호원 없이 동대구 시장에 부산시장에 불쑥 나타나는 지도자를 보게 될 것입니다. 어쩌면 여러분과 소주 한 잔을 나누게 될지도 모릅니다."

'노무현과 함께 하는 사람들-무주 단합대회 연설' 중에서

빛바랜 사진 한 장

　노무현 대통령님과의 인연은 2000년부터이니 횟수로 22년째입니다. 20대 후반에 만났으니 이제 저도 중년이 되었습니다. 벌써 중년이라고요? 아닙니다. 제 마음은 여전히 20대 후반의 청년이랍니다.

　처음 만났을 때 노짱 노무현은 50대 중반이셨죠. 그때의 노짱 나이에 가까워지는 저를 보면서 '예전의 내가 맞을까?' 하는 생각을 종종합니다. 정도正道와 정의감으로 무장한 채 노짱님을 쫓아 서울로 올라가던 그때를 그리워하면서 말이죠.

　노짱님을 참 많이도 만났습니다. 국회의원 선거에 떨어져서 백수로 지내시던 시절부터 대선후보가 되어 전국을 누비실 때, 당선인 신분이 되셨을 때, 대통령 자리에서 물러나 봉하마을에 내려오셨을 때까지…….

그런데 어느 날 사진을 정리하다가 저와 노짱님이 제대로 찍은 사진 한 장 없다는 걸 알게 되었습니다. 대통령까지 지내시고 대한민국 역사의 중심에 서계셨던 분과 찍은 사진이 한 장도 없다니요.

지치고 힘들 때마다 꺼내 보고 싶은 노짱님과의 사진이 한 장도 없다는 걸 알고 나자 저는 아무것도 할 수가 없었죠. 그분과의 흔적이 하나도 남아있지 않는 것처럼 느껴졌으니까요.

생각해 보니 저는 노짱님을 만날 때마다 그분이 주인공이 되게 했을 뿐 제가 나서거나 혹은 노짱님 옆에 서려고 하지 않았습니다. 물론 노짱님이 주인공이 되어야만 하는 자리였기에 저는 늘 본분을 다했을 뿐이었죠. 같이 산을 걷다가도 누군가 노짱님께 사진을 부탁하면 저는 사진사가 되었습니다. 지역 안내를 하고 지역 분들을 만날 때도 저는 사진사였고 밥을 먹다가도 누군가 다가오면 사진사가 되는 역을 자처했습니다. 누군가가 노짱님 옆에 서서 환하게 웃는 포즈를 잡을 때마다 그 모습이 너무 좋았으니까요. 노무현을 사랑하는 사람, 노무현을 지지해줄 수 있는 사람 한 명 더 늘었다고 생각했으니 말이죠.

그러다 문득 당선인 시절 찍었던 사진 한 장이 떠올랐습니다. 앳된 제가 속없이 환하게 웃는 사진. 그 사진을 찾기 위해 여기저기를 뒤지고 또 뒤졌습니다. 읽었던 책갈피 사이와 썼던 공책과 수첩 사이도 샅샅이 뒤졌지만 아무리 찾아도 없더군요. 그러다 혹시나 하고 뒤져본 일기장 속에서 빛바랜 사진을 기어이 찾았습니다. 사진이 꽂혀 있던 일기엔 대통령이 된 노짱 노무현에 대한 기쁨이 빼곡했고, 일기의 마지막 구절엔 대통령 임무를 잘 수행하시라는 인사를 적어놓았더군요. 일기장을 읽다보니 사진을 찾았다는 기쁨보다 노짱님과의 추억이 다시 떠오르며 가슴이 알싸하게 저려오더군요.

사진을 찍은 날은 당선인이 되고나서 처음으로 우리들에게 밥을 사겠다고 초대를 한 날이었습니다. 수많은 역경을 함께 이겨낸 노사모 회원들에게 수고했다며 밥 한 끼 사신다는 자리였죠. 식당으로 향하는 제 가슴속은 설렘과 기쁨이 주체할 수 없을 정도였습니다. 우리가 그토록 바라던 대통령이 되신 노짱님과 함께 밥을 먹는 자리였으니 얼마나 벅찼겠어요.

식당에 도착해서도 마음은 좀체 진정되지 않았습니다. 그런데 주위 분들 모습이 평소와는 다르다는 걸 느꼈습니다. 기쁘고 들뜬 모습이 아니라 진중한 모습이라고 할까요? 식사를 하면서 이유를 알게 되었습니다. 편하고 편한 노짱님에서 노무현 대통령님으로 호칭도 바뀌었고 당선인 신분이어서 경호체계까지 갖춘 VIP가 되셨으니 그럴 수밖에 없었던 거지요. 당시 저는 철이 없어서 그런 걸 잘 몰랐나 봅니다. 대한민국의 VIP라는 생각은 안중에 없었으니까요.

그러다 보니 노짱, 아니 대통령님이 계신 헤드테이블에 아무도 다가가지 못하는 게 아니겠어요? 이때다 싶었죠. 언제 생색을 내보겠어요. 대통령이 되신 분과 친하다는 것을. 그동안 사진사 역할만 했었는데 '이제 내가 주인공이 되어 보자.' 싶었죠.

대통령님이 계신 테이블에 다가가 "노짱님, 저랑 사진 함 박으시죠."라고 말을 건넸습니다. 그러자 노짱님 얼굴이 환해지며 옆자리에 앉으라고 하시더군요. 그리고 철없이, 그리고 환하게 웃으며 사진을 박았습니다.

저는 그날 사진을 찍은 게 아니라 박았다고 말합니다. 찍었다는 말보다 박았다는 어감이 더 정감 가고 왠지 모르게 노무현 대통령님과 더 가까이 있는 듯싶으니까요.

여하튼 몇 마디 더 나누고 자리에서 일어나는데 얼굴이 따끔거리는 게 아닙니까? 그래서 좌중을 둘러봤더니 그 자리에 있던 모든 사람들이 눈을 동그랗게 뜨고 저만 바라보고 있더군요. 마치 "상추, 너 대통령님께 감히?" 이런 눈빛이었죠. 하지만 어쩌겠어요? 당시의 저는 20대의 젊은 치기로 가득했으니 그런 눈빛은 무시하고 제자리로 돌아왔죠. 그다음에 무슨 장면이 펼쳐졌을지 혹시 상상이 되시나요?

당선인 시절의 노무현 대통령님과 함께

제가 혼났을까요? 아니면……?

네, 아마도 여러분의 상상이 맞을 것 같습니다. 혼날 리가 있
겠어요? 대신 노짱님, 아니 대통령님과 사진을 찍겠다는 줄이 길
게 늘어서더군요. 훗날 "상추님 덕에 식사 자리가 즐거워졌습니
다."라는 이야기를 대통령님께 들은 것 같기도 하고 못 들은 것
같기도 합니다.

식사를 즐겁고 화기애애하게 마친 다음 드디어 노짱님께서
처음으로 신용카드를 꺼냈습니다. 밥값을 계산하실 차례가 된
거지요. 모두들 참 맛있는 식사 자리였다고 인사를 건넸습니다.

그런데 아뿔싸! 노짱님 카드가 한도 초과였습니다.

우리는 잠시 당황했지만 이내 모두들 환하게 웃고 말았습니다. 그럼 그렇지, 하면서요. 결국 예전처럼 십시일반 돈을 걷어서 밥값을 계산하고 식사자리는 잘 마무리되었습니다.

노짱님께 밥은 못 얻어먹었지만 누구 하나 불평하는 사람이 없었습니다. 오히려 이런 노짱님 모습은 마지막일 거라고 웃으면서 소탈한 노짱님이 그리워질 거라고 말하는 이들이 대부분이었죠.

처음이자 마지막으로 노무현 대통령님과 찍은 사진이 저에게는 최고의 보물 중 하나입니다. 상추의 풋풋한 20대가 보이고 당선인 시절의 노짱님 모습이 보이고. 흠이 있다면 20년이 넘어 사진이 자꾸 빛바래져 가고 있다는 것. 그립고 그리워서 서글퍼지기까지 하는 노짱님을 이젠 만날 수 없다는 것. 상추도 노짱님의 나이에 가까워지고 있다는 것.

다시 제자리로 돌아오다

2002년 12월 19일, 수많은 난관과 우여곡절 끝에 노짱 노무현은 대통령으로 당선되었습니다. 수많은 사람들이 얼싸안기도 하고 펑펑 울기도 하면서 노사모 사무실은 축제의 장이 되었죠. 불과 몇 시간 전까지만 해도 그곳에는 암울함과 적막함이 가득했습니다. 전날 정몽준 의원의 기습적인 지지 철회 기자회견으로 인해 '당선이 가능할까?'라고 생각하는 사람들이 많았으니까요.

저를 비롯한 몇몇은 오히려 당선 가능성이 명확해졌다고 판단했습니다. 민주적 정통성을 확실하게 얻을 수 있는 계기가 되었기 때문이었죠. 하지만 투표 날 오전의 분위기는 전혀 그렇지 않았습니다.

대선 하루 전 정몽준의 노무현 지지 철회가 어떤 영향을 불러올지에 대한 의견은 분분했습니다. 어떤 이는 민주당 지지자들의 결집과 무당파층의 표를 가져와 노무현 후보가 승리할 것이라고 했고, 어떤 이는 악영향을 주겠지만 판세를 뒤집을 정도는 아니고 했습니다.

그런데 그날 저녁 지지 철회 소식을 들은 노무현 후보가 정몽준 의원의 집으로 찾아가 문전박대를 당하는 장면이 방송을 탔습니다. 그 모습을 TV로 지켜본 저는 황당함과 함께 정몽준 의원의 자질을 의심할 수밖에 없었습니다. 가장 중요한 대선 하루 전에 몽니라니. 나중에 들려오는 이야기에 의하면, 그 장면에 울컥하고 노무현 후보가 안쓰러워서 투표하러 간 사람도 꽤 많았다고 하더군요.

개표 과정도 하나의 드라마였습니다. 출구조사는 오전 오후가 달랐고 개표 상황도 그랬으니까요. 오전 출구조사에서는 뒤지는 결과가 오후 출구조사에서는 근소한 우세로 나타났습니다. 하지만 1~2%의 미세한 차이라서 지켜보는 우리의 애간장은 타들어 갈 수밖에 없었죠. 개표가 시작되자마자 이회창 당시 한나라당 후보는 50%가 넘는 차이로 치고 나갔습니다. 부산을 비롯한 경상도 투표함을 개표했기 때문이었죠. 그런데 개표율이 올라갈수록 격차가 줄더니 밤 9시쯤 숨 막히는 접전이 펼쳐졌습니다. 한숨이 탄성으로 바뀌기 시작한 즈음이었죠. 피 말리는 접전이 펼쳐지고 수도권의 개표함이 열리는 순간부터 상황은 역전되었습니다. 그 상황을 현장에서 지켜보는 심정을 뭐라고 설명해야 할까요? 여기저기서 훌쩍거리는 소리와 박수 소리와 함성이 뒤섞여 어디가 어디이고 내가 무엇을 하고 있는지 분간조차 되지 않았습니다. 옆에 있는 사람이 누군지도 모르고 얼싸안고 뛰었고 목청 높여 노무현이라는 구호도 질러댔습니다. 격전을 치르고 난 승리의 현장, 차디찬 아스팔트를 뛰어다녔던 순간들이 뇌리를 스쳤고, 역사의 현장에 있었다는 것만으로도 가슴이 벅차올랐죠.

하지만 승리의 기쁨은 잠시였습니다. 벅찬 승리 뒤에는 항상 기쁨만 있는 건 아니니까요. 이제 '상추'님에서 이중선으로 돌아가야 할지 말아야 할지의 문제가 제 앞에 놓여 있었습니다. 대다수의 노사모 회원들 역시 마찬가지였습니다.

당시 선거 막판으로 갈 때부터 그러한 고민이 노사모에서 진행되고 있었습니다. 누구는 노사모는 유지되어야 한다고 했고 누군가는 해체되어야 한다고도 했습니다. 저는 후자였죠. 노짱님이 좋아서 모이게 되었고 노짱님이 좋아 대선에 뛰어들었지만, 최선의 결과를 이루었으니 더는 존재한다면 기존의 정치집단과 뭐가 다르냐는 논리였죠.

저는 선거 다음 날 노사모와 관련된 CMS를 다 해지하고 노사모도 탈퇴했습니다. 탈퇴와 함께 귀향하겠다는 생각을 유시민 당시 개혁당 대표에게 전하니 극구 말리더군요. 하지만 저의 생각은 확고했습니다. 제자리로 돌아가는 게 최고의 선택이라고 생각했으니까요. 요즘 만약 그때 남아있었더라면, 하는 생각을 종종 하기는 합니다만 후회하지는 않습니다. 더 많은 걸 겪고 더 많은 걸 보고 배울 기회가 있었으니까요.

선거 이후 며칠 동안은 기쁨을 만끽했고 며칠은 귀향 준비를 서둘렀습니다. 가난했지만 즐거웠던 대선이었고 고난하고 힘들었지만 보람찬 대선이었습니다. 저뿐만 아니라 문성근 대표, 명계남 대표, 유시민 대표, 그리고 노사모 회원 전부가 이뤄낸 값진 승리였고 민주시민과 국민이 함께 이뤄낸 역사적인 성과였죠. 2년 남짓 꿈을 꾸었는데 그 꿈을 이루었으니 저는 본연의 삶이 있는 전북으로 다시 돌아왔습니다.

대학원을 목표로 주경야독

전북으로 돌아와서 처음 한 일은 일자리를 찾는 거였습니다. 당장 먹고살아야 했으니까요. 두 달 만에 때려치운 직장을 다시 기웃거릴 수는 없어서 배운 게 도둑질이라고 대학 때 아르바이트를 했던 학원 선생을 하면서 생계를 이어갔습니다. 학원 선생이란 직업은 일반적인 회사원들과는 근무시간이 확연하게 다릅니다. 학교수업이 끝날 즈음인 오후 3~4시에 출근해서 밤 12시쯤 퇴근하니까요. 그러다 보니 부지런 떨지 않으면 하루가 금세 가버리고 말죠.

전북으로 돌아온 또 하나의 이유는 뜻을 두었던 통일운동 때문이었습니다. 통일운동을 하려면 북한에 대한 전문적인 지식을 갖추어야 했기에 경남대학교 북한대학원 입학을 목표로 공부에 매진했습니다. 읽어야 할 책들의 목록을 정해놓고 학원시간 외에는 한 권 한 권 탐독했습니다. 대선에 뛰어든 시간만큼 노력을 더해야만 원하는 목표를 이룰 수 있으니까요. 당시 북한대학원의 경쟁은 꽤 치열했습니다. 삼수 끝에 합격했다는 이들도 많을 정도로 입학이 까다롭다는 소문도 들려왔습니다. 당연히 그럴 수밖에요. 북한에 관해 공부할 수 있는 곳은 몇 없었으니까요.

미친 듯 책을 읽고 부족하면 대학 도서관에서 논문과 신문 기사를 찾아 읽었습니다. 정치외교학과를 졸업해 나름 북한학에 관한 기본 지식이 있다고 생각했었는데 공부를 하면 할수록 새로운 게 많았습니다. 북한과 각 나라의 정치적 연계부터 눈에 보이지 않는 미묘하게 연결된 경제적 국제 질서와 군사 외교 국방까지 북한학은 깊고 넓었습니다. 보이는 대로 읽고 머리에 넣었습니다. 잘 들어오지 않는 것들도 무작정 외워서 머릿속에 저장했습니다. 물론 그렇게 한다고 다 저장되지는 않았겠지만 말이죠.

뜻을 세운 대로만 된다면 누가 뜻을 세우려고 하지 않겠어요? 가장 큰 적은 제 안에 있었습니다. 학원에서 돌아와 책을 읽으려고 하면 눈꺼풀이 자꾸 감기는 게 다반사였죠. 공부가 좀 되는가 싶으면 배가 고파져서 라면이라도 하나 끓여 먹어야 했죠. 이제 정말 마음잡고 공부를 하고 있으면 후배나 선배가 문을 두드렸죠. 어렵다고 소문난 대학원 시험은 어느새 점점 다가오고…….

그래서 꾀를 낸 게 그동안 정리해놓은 핵심 노트를 요약하여 눈이 닿을 만한 곳에 죄다 붙였습니다. 누웠을 때 보이는 벽엔 이해가 어려운 내용을, 거울이나 문 앞엔 간단하게 볼 수 있는 핵심 요약을, 부엌엔 일반 상식들을 빼곡히 붙여놓았습니다. 딴생각이 들어서 해찰하려고 할 때마다 잠시라도 눈에 보이게 하려는 제 나름대로의 꾀였고 합격을 위한 발악이었던 셈이었죠.

여하튼 이런 생활을 반복하다 보니 어느새 시간은 흘러 북한 대학원 원서를 접수하는 날이 되었습니다. 그런데 아침부터 비가 억수로 내리는 게 아니겠어요? 대선 때문에 서울에 상경하던 때도 비가 내렸는데 말이죠. 여하튼 원서를 접수하러 가는데 잘 때 입는 반바지와 슬리퍼 차림으로 갔습니다. 긴 바지와 신발은 젖으면 불편하니까 차라리 반바지와 슬리퍼를 신고 간 거였죠. 지금 생각하면 정말 '개념 없다'는 말이 딱 맞을 거 같습니다. 고대하던 대학원 원서를 접수하러 가는 길에 반바지와 슬리퍼라니.

서류 봉투를 들고 안국역에서 내려 마을버스로 갈아타고 다시 걸어서 교학과에 들어가 원서를 냈습니다. 접수하는 여직원은 단정치 못한 저의 모습을 눈 동그랗게 뜨고 쳐다봤지만 개의치 않았습니다. 하지만 합격해야 한다는 절박함에 머리를 조아리며 "선생님, 저 꼭 합격해야 되는데 잘 부탁드립니다." 하고 넙죽 인사를 했습니다.

나중에 그분께 그때 일을 물었더니 "시커멓게 생긴 남자가, 꼭 촌놈처럼 생긴 남자가 반바지에 삼선 슬리퍼를 신고 오더니 꼭 합격시켜달라고 머리 조아리며 인사를 했다."고 하면서 웃더군요. 교직원인 자신이 무슨 힘이 있기에 그렇게 깍듯이 인사를 했을까 하는 생각에 인상이 강하게 남았다고 말이죠.

그렇게 우여곡절 끝에 저는 북한대학원 석사과정에 입학했습니다. 전북으로 귀향한 지 채 1년도 되지 않아서 다시 서울로 가게 된 것이었죠.

운명처럼 다가온 사람

합격과 동시에 상경해서 공부할 책들을 구하는 등 만반의 준비를 했습니다. 원하던 북한대학원에 들어왔으니 제대로 공부하기 위해 꼼꼼하게 준비를 한 거죠. 그렇게 시간이 흘러 고대했던 북한대학원의 첫 수업. 교수님께서 제시한 한 학기 강의계획표는 실로 어마어마했습니다. 어느 정도 예상은 했었지만, 학습량이 예상보다 서너 배는 더 많았던 것이죠. 하지만 사내가 칼을 뽑았으니 뭐라도 잘라야 하지 않겠어요? 매일 학교에서 살기로 작정하고 최선을 다했죠.

일주일쯤 지나 대학원에 어느 정도 적응할 무렵, 세상이 뒤집힐 일이 벌어지고 맙니다. 지금까지 살아오면서 제게 절대로 잊히지 않는 날이 몇 있는데 그중 하루였죠.

2004년 3월 12일.

네, 바로 노짱, 노무현 대통령의 탄핵이 이루어진 날입니다. 야당이 기어이 일을 벌이고 만 것이죠. 입학할 때도 정국은 시끄러웠지만 설마라고 여겼던 일이 실제로 일어난 것입니다. 탄핵이 이루어지자마자 광화문에서는 탄핵 무효와 탄핵 저지 집회가 열리고 저도 손발 걷어붙이고 열심히 집회에 참석했습니다. 통일운동에 매진하기 위해 늦은 공부에 전념하려고 상경했던 저에게 마치 기다렸단 듯이 탄핵이 벌어진 것이었죠.

공부를 마치고 매일 탄핵 집회에 참가했습니다. 그런 일이 반복될수록 마음은 미칠 지경이었습니다. 학업은 학업대로 전념할 수 없고 집회는 집회대로 집중할 수 없으니 미치고 팔짝 뛸 수밖에요. 그 와중에 문성근 대표로부터 본격적인 탄핵 반대 집회를 하자는 전화를 받았습니다. 앞에서 밝힌 대로 저는 두 가지 일을 동시에 못하는 체질이라서 고민에 고민을 거듭하다가 결국 중대한 결심을 내렸습니다. 대학원을 휴학하기로. 그리고 문성근 대표와 함께 본격적으로 탄핵 반대 집회를 열게 되었습니다. 물론 제가 중심이 되어 집회를 이끈 건 아닙니다. 저는 집행부를 도와 자질구레한 일들을 도맡아 했을 뿐이죠. 노사모 때처럼 묵묵히, 그리고 최선을 다해.

뒤돌아보면 어쩌면 그렇게 시기가 딱딱 들어맞을까요. 제 나이 또래는 스무 살을 넘길 무렵부터 IMF를 겪게 되어 '낀 세대'라고 불렸습니다. 저희 다음 연배인 밀레니엄 세대처럼 휴대폰이나 인터넷 등의 신문물을 겪으며 자라지도 못했죠. 구세대와 신세대 사이인 '낀' 세대라는 말이 딱 들어맞았죠. 어렵사리 취직했지만 노짱을 알게 되자 회사를 그만두고 서울에 왔었고, 노짱의 대통령 당선을 본 후 대학원에 들어와 공부에 매진하기 위해 서울에 왔더니 이번엔 탄핵이 벌어졌으니⋯⋯.

2004년의 노무현 대통령 탄핵사건은 대다수 시민들의 엄청난 반발을 불러왔고, 그해 5월 헌법재판소에서 탄핵소추안이 기각되고 맙니다. 탄핵을 주도했던 한나라당과 새천년민주당은 그해 4월에 있었던 17대 국회의원 선거에서 비참한 결과를 맞이하게 됩니다. 결국 탄핵사건은 노무현 대통령의 승리로 마무리되었습니다. 사필귀정이었지요.

탄핵의 이유는 여러 가지가 있었겠지만, 가장 중요한 요인은 열린우리당의 탄생이었습니다. 당시 한나라당은 낡고 음흉했으며, 새천년민주당은 호남이 지역구라는 이유만으로 함량 미달 의원이 많았죠. 이런 이유 때문에 노무현 대통령은 열린우리당 지지를 기자회견에서 밝히게 되고, 이는 대통령의 선거 중립 의무를 위반했다는 양당의 거센 반발을 몰고 왔지요. 열린우리당에 대한 노무현 대통령님의 진심 어린 애정이 낡은 정치 세력에

의해 곡해되는 결과로 나타난 거죠. 정치적 기반이 약했던 비주류 대통령의 슬픔이었습니다.

여하튼 탄핵정국이 마무리되자 저는 북한대학원에 복학을 했습니다. 신입생 때 학생회 사무국장으로 선출되었는데, 탄핵 때문에 그 역할을 제대로 하지도 못했죠. 이제 탄핵정국이 마무리되었으니 다시 공부에 몰두하기 위해 학교로 돌아갔습니다. 그동안 하지 못했던 학생회 간부 역할도 시작했고, 교직원들과의 교류와 소통도 잦아졌습니다. 그러면서 비에 흠뻑 젖은 채 넙죽 인사를 드렸던 직원분과 안면을 익히게 되었죠. 물론 의도한 건 아니었습니다. 자료 복사를 위해 조금은 뻔뻔하게 부탁을 드리고 또 학생회 업무로 인해 자주 사무실을 들락날락하다보니 자연스러운 일이었죠.

음, 눈치 빠른 분은 아시겠죠? 왜 자꾸 학교 교직원 이야기를 하는지. 저 역시 제 앞에 놓인 운명을 몰랐습니다. 운명은 왜 그렇게 아무런 내색도 없이 다가오는 걸까요?

까짓 거, 연극 보러 갑시다

탄핵정국이 마무리되자 저는 다시 대학원으로 돌아와 학업에 몰두했습니다. 학생회에서의 역할도 성실히 했습니다. 새로운 시대로 급변하는 시기에 저 역시도 급변하는 일들을 겪다보니 차분히 공부하는 대학원 생활에서 처음으로 여유를 느끼기도 했습니다. 학습량이 많기는 했으나 힘들거나 어렵다고 느끼기보다는 때가 되면 찾아오는 끼니처럼 당연히 해야 하는 일처럼 생각했습니다. 그 무렵의 저는 평온한 일상이 제공하는 여유로움을 마음껏 느끼고 있었죠.

그러던 2004년 10월경, 고양이를 좋아해서 '가가멜'이라는 닉네임을 쓰는 형이 연락을 해왔습니다. 형은 앞뒤 없이 대뜸 "상추야, 나한테 대학로 연극표 네 장 있는데 너 연극 보러 갈래?" 하는 거 아니겠어요? 저는 그때까지 연극이란 걸 한 번도 보지 못했습니다. 그래서 저는 "뭔 연극이야. 내가 살면서 연극이란 걸 본 적이 없어요, 형. 그런 내게 뭔 연극을 보자고 그래요?"라고 했죠.

사실이었습니다. 본 적도 없었을 뿐만 아니라 연극을 본다는 것 자체가 내키지 않았습니다. 그 형은 분명 자기 여자 친구와 함께 나올 텐데 그사이에 끼어서 무슨 좋은 일이 생기겠다고 연극을 보겠어요? 한편으론 연극을 보고 나면 제가 밥이나 술이라도 한잔 사야 하는데 주머니 형편도 안 되었고요. 그런데 제 주머니 사정을 잘 아는 형은 이렇게 쐐기를 박더군요.

"야, 괜히 술이나 밥 사야 한다는 부담 갖지 말고 괜찮은 사람 하나 데리고 나와. 이 기회에 연극도 보고 바람도 쐬어야 공부할 여력이 생기는 거야."

전화를 끊고 나자 저는 숙제를 떠안은 꼴이 되었습니다. 마음 속에 들어앉아 있던 여유라는 녀석은 온데간데없이 사라지고 '누굴 데려가지?' 하는 고민으로 가득했습니다. 친구들에게 전화를 돌려 느닷없이 여자를 소개시켜 달라고 할 수도 없고, 그렇다고 지나가는 여자를 붙잡고 '같이 연극 볼래요?'라고 할 수도 없으니 말이죠.

그러다 학생회 일로 학교 사무처에 갈 일이 있었습니다. 일을 마치고 나오는데 제 원서를 받아줬던 분이 자꾸 눈에 밟히는 거 아니겠어요? 고민할 틈도 없었습니다. 불쑥 다가가서 "저기요. 대학로에 연극표가 있다는데 같이 갈래요?"라고 했습니다.

순간, 제 머릿속으론 '연극표가 있다는데'라는 문장이 너무 바보 같다는 생각이 들었습니다. '있는데'가 아니라 '있다는데'라니…… 당연히 거절할 거라고 생각하고 '시간 없으시죠?'라고 말하려는 찰라 뜻밖의 대답이 들려왔죠.

"네, 그래요. 연극 보러 가요."

그 말에 온 세상이 환하게 밝아오는 느낌이었습니다. 서둘러 약속을 잡고 저는 그길로 사무실에 나와 형에게 전화했죠. 당당하게 큰소리로 이렇게요.

"까짓 거, 연극 보러 갑시다."

연극 보러 가기로 한 날이 되었습니다. 최대한 깔끔하게 차려 입고 당시 살고 있던 봉천동 집을 나섰죠. 약속장소로 가고 있는데 전화 한 통이 걸려왔습니다. 그날 만나기로 한 학교 직원 분한테서 온 전화였죠. 내용인즉슨, 오늘 연극 보러 가기가 어렵다는 것이었습니다. 그러니 자기는 기다리지 말고 혼자 연극을 보라는 겁니다.

순간 난감하더군요. 형에게는 좋은 사람과 간다고 큰소리는 쳤지, 데이트를 처음 해보는 거라서 옷은 차려 입었지. 그런데 그분이 말하는 뉘앙스를 짐작해보니, 데이트 신청에 너무 쉽게 대답했다고 생각하는 것 같았습니다. 그래서 저는 전화로 설득을 시작했죠.

"아니, 뭐 어떠세요. 우리가 모르는 사이도 아니고…… 선생님은 교직원이시고 저는 학생이니까 같이 연극 볼 수도 있는 거잖아요. 어렵게 생각하지 마시고 기분전환으로 연극 보러 가시죠. 아셨죠? 꼭 나오세요. 꼭이요 꼬옥!"

마치 CF의 한 장면처럼 간절하게 말하고 전화를 끊었습니다.

다음 이야기가 궁금하시죠? 결론을 말씀드리면 그분은 저의 아내가 되었고 저는 그분의 속을 썩이는 남편이 되었습니다.

"연극표가 있다는데 연극 보실래요?"

이 못난 한마디가 그분과 저를 백년가약으로 맺어준 셈이죠. 여러분도 누군가와 사귀고 싶다면 용기를 내서 이렇게 말해 보세요. "까짓 거, 연극 보러 갑시다."라고.

월세방에서 살 수 있겠어?

　연극을 보고 난 뒤 우리는 종종 데이트를 했습니다. 하지만 저는 너무나 가난해서 지금의 아내에게 무엇 하나 제대로 해주지를 못했습니다. 직장이 없는 학생이라는 핑계로, 가난한 지방 유학생이라는 이유로…….

　아주 작은 거라도 선물하고 싶었지만, 워낙 주머니 사정이 열악해 그마저도 '언감생심'이었습니다. 그러니 늘 미안함이 앞섰습니다. 그러다 아르바이트비를 받는 날에도 아내는 한사코 아껴 쓰라고 하면서 자신이 또 돈을 내는 거였습니다. 그렇게 제 주머니 사정을 생각을 해주는 아내를 보면서 너무나도 고맙고 미안했습니다.

　지금 와서 돌이켜 보니 당시 데이트를 하면서 우리는 극장 한 번 가보지를 못했습니다. 명색이 촌놈이라서 영화 예매라는 걸 몰랐으니까요. 제가 살았던 지방은 추석이나 설날에도 줄을 서서 표를 사고 입장을 했으니 예매를 한다는 건 제 개념에는 아예 없었던 거죠. 예매 방법을 모르니 당연히 극장은 그림의 떡이었습니다. 대신 우리는 가끔 비디오방에 가서 영화를 봤습니다. 서로에 대해 알아가는 남녀가 좁은 비디오방에서 어깨를 나란히 기대고 영화를 본다는 게 처음엔 얼마나 어색하던지. 음료수 하나씩 든 채 보고 싶은 영화를 고르고 나란히 앉아서 영화를 봤습니다. 순진하고 순박한 연애시절이었죠.

당시 저는 학원 아르바이트를 하며 학비와 생활비를 충당했습니다. 복학 후 대학원 공부에 전념하고 싶었지만, 서울에서의 생활비와 학비가 필요했으니 아르바이트를 할 수밖에요.

얼마 전 영화 「기생충」을 보니 주인공 가족이 지하방에서 살더군요. 깜짝 놀랐습니다. 2004년에 제가 살던 봉천동 지하방이 오버랩 되어 마치 제 방에서 영화를 찍었다는 착각마저 들게 했으니까요. 영화처럼 제 방도 밤이 되면 함부로 창문을 열지 못했습니다. 취객들이 오줌을 싸거나 토악질을 해대기 일쑤였으니까요. 대부분의 끼니는 라면과 밥, 그리고 김치였습니다. 굶는 날도 많았습니다. 학원을 마치고 집으로 돌아오면 파김치가 되어 그대로 쓰러져 잠들기 일쑤였으니까요.

그러다 보니 학업이 소홀해질 수밖에 없었습니다. 세 과목에서 A+를 맞으면 대학원 전액 장학금을 받을 수 있었는데, A+를 받지 못하게 된 거였죠. 전액 장학금을 받지 못하다 보니 학원에 상주하는 날이 많아졌고, 그러다 보니 다시 학업에 소홀해지는 악순환이 되풀이 되었던 겁니다.

한창 데이트를 하던 어느 날, 여자 친구가 저에게 결혼을 하자고 하더군요. 놀랄 수밖에 없었습니다. 여자가 먼저 결혼하자고 하는 것도 놀라웠고, 만난 지 두어 달밖에 되지 않았는데 결혼 이야기가 나오니 더 놀라웠습니다. 한편으로는 결혼을 서두르려고 하는 여자 친구의 마음을 몰라서 미안했습니다. 데이트 할 때 어쩌다 대화의 뉘앙스에서 그녀가 나와의 결혼을 생각하고 있다는 걸 느꼈고, 나 역시 그녀와 결혼해야겠다고 마음은 먹고 있었습니다. 그러면서 '언젠가 준비가 되면 정식으로 프러포즈를 해야지.'라고 막연하게 생각만 하고 있었죠. 그런데 여자 친구가 먼저 결혼하자는 말을 꺼내서 저는 놀라기도 하고 미안하기도 했습니다.

여자 친구의 결혼하자는 말을 듣고 저는 먼저 제 자신을 온전하게 보여줘야겠다고 생각했습니다. 조금도 보태지 않고 있는 그대로의 저를 보여주기로 말이죠.

먼저 저의 재정 상태를 그녀에게 고스란히 털어놓기로 했습니다. 제 통장에는 50만원이 전부였습니다. 50만원이 들어있는 통장을 그녀에게 보여주고 이 돈이 내 전 재산이라고 했습니다. 제가 살고 있는 집도 보여주면서 이렇게 말했습니다.

"결혼을 하게 되면 식을 올릴 돈도 없고 신혼집 구할 돈도 없어. 여기가 보증금 천만원에 월세 20만원짜리 방인데 여기서 살 수 있겠어?"

낮인데도 불을 켜지 않으면 캄캄한 방에서 아내는 말없이 고개를 끄덕였습니다. 미안함과 고마움에 아내를 왈칵 껴안았습니다. 그리고는 이렇게 말을 했죠.

"당신과 평생 같은 편이 되어줄게. 당신도 내게 평생 같은 편이 되어줘."

참으로 멋대가리 없는 프러포즈죠? 그날 우리 둘은 손을 맞잡고 펑펑 울었다는 이야기는 여기에 밝히지 않겠습니다. 아무튼 그날부터 믿음직스럽고 어여쁜 제 평생의 같은 편이 생겼답니다.

넉 달 만에 치른 인륜지대사

　결혼에 관한 이야기를 하고 나자 양가 부모님께 허락을 구하는 일이 남았습니다. 아내의 집은 강원도 동해이고 제 고향은 전라북도 진안이었으니 양가를 방문하려면 전국 일주를 해야 했죠. 가난한 고학생이었으니 차가 있을 리는 없고 고속버스로 동해와 진안을 오갔습니다.

　처가가 될 집에 도착하니 분위기가 싸늘했습니다. 귀한 딸을 데려가겠단 녀석이 새까맣고 삐쩍 마른 데다 가난한 학생이라는데 어느 아버지가 좋아하겠습니까? 만약 지금 저에게 그때의 저를 사위로 맞이하겠냐고 묻는다면 저부터도 절대 안 된다고 하겠지요. 하지만 저는 절박했습니다. 결혼 이야기가 나온 뒤로는 이 여자가 아니면 안 된다는 마음뿐이었으니까요.

　한사코 인사받기를 거부하시는 아버님 앞에서 무릎을 꿇은 채 두어 시간이 넘도록 설득 아닌 설득을 했습니다. 지금의 제 상태부터 말씀드렸고 앞으로의 포부도 말씀드렸습니다. 하지만 없는 이야기는 하지 않았습니다. 아무리 부모님의 허락을 받는 게 중요해도 제 양심상 없는 이야기를 꾸며낼 수는 없었으니까요. 있는 그대로를 이야기하고 제가 가진 꿈을 이야기했습니다. 두 시간 동안 무릎을 꿇은 상태로 정중하고 어긋나지 않게 말씀을 드렸습니다. 주눅 들지 않고 당당하게 이야기하려고도 노력했습니다.

두 시간이 조금 지나자 아버님께서 조금씩 제 쪽을 바라보기 시작하시더군요. 그리고는 한참 동안 저를 말없이 바라보시더군요. 저도 아버님의 눈을 조심스레 쳐다보았습니다. 그 짧은 순간, 아버님께서는 눈빛으로 많은 걸 말하고 계셨습니다. 그리고는 인사를 허락하셨습니다.

허락을 받고나자 기쁘거나 들뜨지는 않았습니다. 담담했고 오히려 막중한 책임감이 느껴졌습니다. 고대했던 시험을 마친 홀가분한 기분이기도 했고요. 돌아오는 버스 안에서 아내의 손을 꼭 잡았습니다. 그리고 속으로 '고생시키지 않겠다.' '남들보다 잘살게 할 수는 없겠지만 행복한 모습으로 오래오래 살게 해주겠다.'는 다짐을 했습니다. 아내는 긴장이 풀렸는지 곤한 잠에 빠져 있었습니다. 누군가를 책임져야 한다는 게 무겁게 다가오기도 했지만, 단잠에 빠진 아내의 얼굴을 보니 저도 평온한 기분이 들었습니다. 이제 제 고향 진안이 목적지였습니다.

동해에서 돌아와 서울에서 하루 묵고 다음 날 고속버스로 전주를 거쳐 다시 진안으로 향했습니다. 부모님께 결혼할 여자를 데리고 간다는 말은 미리 드리지 않았습니다. 딸 넷에 아들 하나다 보니 부모님께서는 벌써부터 결혼을 재촉하셨지만 그동안 저는 결혼할 생각이 없다고 해서 무척 답답해하셨죠. 그런 부모님의 심정을 알기에 아무런 말도 없이 고향에 내려간 것이죠.

부모님께서는 연락 없이 내려온 저를 보고 놀라셨고 웬 여자가 함께 들어오는 걸 보고 더욱 놀라셨습니다. 그리고는 이내 함박웃음을 지으시더니 저는 안중에 없고 아내의 손을 꼭 붙잡은 채 고맙다는 말만 10분이 넘도록 되풀이하셨습니다.

그런데 아들들은 왜 그리 철이 없는 걸까요? 저도 아들이니 철이 없었습니다. 누나 넷을 둔 막내아들이라 더 철이 없었습니다. 그래서 오랜만에 뵌 아버지께 다짜고짜 이렇게 말했습니다.

"아버지, 저 결혼식 올려주고 축의금 들어오면 전부 저를 주세요. 축의금 다 안 주시면 저 결혼 안할 겁니다."

여러분도 같은 생각이시죠? 정말 철이 없다고? 네, 맞습니다. 저는 철이 없었습니다. 그래서 오랜만에 뵌 아버지께 다짜고짜 그렇게 말했습니다. 신붓감을 데려와 행복해하시는 부모님을 모셔두고 저런 소리나 해댔으니……. 그래도 부모님께서는 저의 속없는 소리에도 연신 좋다고만 하셨습니다.

그렇게 양가 상견례를 마치고 2005년 2월 20일로 결혼 날짜를 잡았습니다. 2004년 10월에 처음 연극을 보러 갔으니 넉 달 만에 뚝딱 인륜지대사를 치른 거였죠.

사실 저는 아내와 그렇게 빨리 결혼을 하리라고는 미처 생각하지 못했습니다. 대학원 원서 접수를 할 때 처음 봤고 학생회 간부를 하면서 안면을 익혔죠. 아는 형 덕분에 연극을 함께 보게 되면서 인연이 시작되었고요.

우연히 첫 대면을 하고 자연스레 안면을 텄고 연극을 보면서 데이트를 시작했고 그러다 급작스럽게 결혼에 이르게 되었지만, 아내와 저는 만날 수밖에 없도록 운명이 정해진 사이였다는 생각이 듭니다. 옷깃만 스쳐도 인연이라고 하는데, 아내와 저는 얼마나 많은 전생의 인연을 쌓았던 걸까요? 기억하지 못하는 전생과 함께 이번 생에서도 나와 함께 해주는 아내가 고맙고 또 고마울 뿐입니다.

3부

사람에게도
깊이가 있다

달을 닮아서 아름다운 사람

　아무런 준비도 없이 덜컥 결혼을 했습니다. 가진 건 없지만 행복할 것 같았습니다. 만난 지 두어 달 만에 결혼을 약속했고 넉 달 만에 결혼식을 올렸으니 남부럽지 않게 살 수 있을 것 같았죠. 하지만 그렇지 않았습니다. 사랑하는 사람과 사는 데 뭐가 문제였냐고요? 누군가의 여자, 누군가의 남자로 사는 게 처음이라서 힘들었습니다. 아내는 아내대로 스트레스를 받았고, 저는 저대로 극심한 스트레스에 시달렸습니다. 서로에 대해 잘 몰랐다는 점도 있었고, 사랑하는 사람과 한 지붕 아래에서 살아가려면 서로에게 맞춰가야 한다는 것도 몰랐으니까요.

　결혼 준비를 하면서 학원을 그만두었습니다. 결혼과 함께 공부에 전념해 빨리 석사학위를 받고 직장에 다니기 위함이었습니다. 아내는 꼬박꼬박 제게 용돈을 주었습니다. 이전까지 저는 누구에게 신세를 져본 적이 없었습니다. 아내에게 신세를 진다는 말은 어색하지만, 당시에는 신세를 지고 있다는 생각에 미칠 것만 같았습니다. 한 가정의 가장이 되었는데 제 역할을 못한다는 생각에 자괴감이 밀려왔으니까요. 아내에게 얻어먹는다는 생각에 일상생활은 지옥이었고 결혼을 후회하는 지경에까지 이르게 되었죠.

게다가 결혼을 하자 돈이 더 많이 필요해졌습니다. 결혼 전에는 누군가 만나게 되면 학생이라는 핑계로 약간 뻔뻔해질 수 있었습니다. 저를 배려해서 돈 내는 일에는 제외해주는 경우도 많았고요. 그런데 결혼을 하고나니 더는 뻔뻔해질 수가 없었더군요. 그러다 보니 약속이 있으면 아내에게 '2만원만, 3만원만.' 하고 손 벌리는 회수가 많아졌죠.

누구나 신혼 초에는 많이 다툰다는 소리를 들었습니다. 다투고 화해하는 과정을 거치면서 더 많은 정이 쌓이고 서로의 치부도 하나둘 알아가면서 가족이 된다고 하더군요. 저도 그런 과정이었겠죠. 하지만 시골 출신이라 그런지 가족을 건사해야 한다는 책임감이 뿌리 깊었습니다. 내 사람 하나 건사하지 못한다면 그건 남자가 아니라는 전통적인 생각 말입니다.

저는 가장이 되었으니 돈을 벌어야 한다는 개념만 있었습니다. 공부도 해야 했지만 두 가지 일을 동시에 못하는 체질이다 보니 공부는 뒷전이 되었습니다. 돈을 벌기 위해 이 일 저 일 기웃거리는 건 다반사였고 돈이 된다면 무엇이든 할 수 있다는 마음이었습니다. 2005년에는 중국 주식시장이 엄청난 호황을 맞이해 꼬깃꼬깃 모은 돈으로 주식도 해보고 아내에게 얼마간의 돈을 받아 옷장사도 했습니다. 그 무렵 인터넷 쇼핑몰이 막 생겨나기 시작했습니다. 인터넷으로 물건을 사는 시대가 온 거죠. 저는 옷장사를 하면서 인터넷 쇼핑몰에도 뛰어들었습니다.

아는 형이 인터넷 쇼핑몰을 운영하고 있었습니다. 인터넷 쇼핑몰이라는 개념이 없을 때부터 시작한 분이었으니 나름 입지를 다진 상태였죠. 그 형을 조르고 졸라 쫓아다니면서 인터넷 쇼핑몰을 배우기 시작했습니다. 어떻게 물건을 떼어오고 어떻게 팔고 어떻게 배송하고 어떤 상품을 메인화면에 걸고 등등을 하나하나 배웠습니다. 그렇게 하다 보니 매출이 조금씩 늘어나고 돈을 조금 만질 수 있었습니다. 당연히 공부는 뒷전이었고 안중에도 없었습니다. 통일전문가라는 꿈은 여전히 마음 한구석에 남아있었지만, 가장이라는 역할과 생활이라는 미명하에 밀려난 상태였죠.

쇼핑몰이 어느 정도 궤도에 오르자 어디에 옷이 싸게 나온다고 하면 달려가 물건을 떼어왔습니다. 얼마나 다양한 물건이 있고 얼마나 품질이 좋냐, 가격은 얼마냐가 다른 쇼핑몰과의 경쟁에서 관건이었습니다. 그러니 좋은 물건이 싸게 나오면 당장 팔지 못해도 쟁여놔야 했습니다. 자본이 넉넉하지 못했던 저는 물건을 쌓아 놓을 창고가 없었습니다. 집이 사무실이고 창고였으니 신혼집 안방에 옷들이 쌓여갔지요. 하지만 아내는 싫은 내색을 전혀 하지 않았습니다. 한 번쯤은 투정을 부리고 불평도 할 만한데 그러지 않았습니다.

아내는 저보다 사려가 깊은 사람입니다. 신혼 때부터 지금까지 불평 한마디 없었으니까요. 물론 우리 내외도 부부싸움을 합니다. 그때마다 아내는 저보다 품이 넓습니다. 지금까지 옆에서 묵묵히 지켜봐준다는 것 자체가 사람이 깊다는 증거인 거죠.

짧았던 연애기간, 남들보다 빨리 시작한 결혼 생활…… 10여 년이 지나고 보니 문득 아내가 무척 고맙다는 생각이 듭니다. 아무것도 가진 게 없었던 저 하나만 바라보고 여기까지 온 사람, 평생 같은 편이 되어달라는 약속을 잘 지켜준 사람.

오늘 저녁에는 아내의 손을 잡고 집 앞으로 산책을 나가야겠습니다. 산책을 하다가 한적한 곳에서 '나와 함께 해줘서 고맙다.'고 딴청 피우듯이 말해야겠습니다. 휘영청 뜬 달을 보면서 '당신을 닮아서 아름답다.'고 말해줘야겠습니다. 그러면 조금은 덜 쑥스러울 테지요?

첫 딸 봄길이 이야기

인터넷 쇼핑몰을 시작할 때, 인터넷 쇼핑몰을 운영 중이던 선배 형에게 하나하나 배웠습니다. 상품 구성 등 쇼핑몰 운영에 관한 모든 걸 차근차근 배웠습니다. 어깨 너머로만 배우면 힘드니까 정식으로 출근해서 배우라고 통 큰 배려도 해주었습니다. 많은 월급은 아니었지만 제 사정을 알아준 선배가 참 고마웠죠.

그렇게 정신없이 쇼핑몰을 배우고 있는 와중에 첫 아이가 생겼습니다. 2006년 8월 30일, 고대했던 딸 봄길이가 세상에 태어났습니다. 제가 통일운동을 목표로 삼고 공부하면서 가장 존경하는 두 분이 계시는데 그 두 분의 호가 '늦봄'과 '봄길'입니다. 그래서 딸을 낳으면 이름을 봄길이라 짓고 아들을 낳으면 늦봄이라고 지으려고 했지요. '늦봄'과 '봄길'. '늦봄'은 문익환 목사님의 호이고 '봄길'은 문익환 목사님의 부인이신 박용길 장로님의 호입니다. 제 아이의 이름을 그렇게 지은 이유는 두 분을 존경하는 마음이 가장 컸고, 통일과 우리 민족을 관련지어 보아도 뜻이 깊은데다 많은 걸 상징하는 단어였기 때문입니다.

출산이 임박하다는 소식에 저는 정신없이 병원으로 향했습니다. 첫 아이가 태어난다는 설렘에 일도 작파하고 아내와 아이가 건강하기만을 바라며 달려갔죠. 병원에 도착한지 얼마 되지 않아서 첫딸 봄길이가 태어났습니다. 그런데 인터넷 쇼핑몰이란 게 쉴 수 있는 시간이 거의 없었습니다. 오전에 들어온 주문은 오후에, 오후에 들어온 주문은 다음 날 오전에 처리해야 합니다. 게다가 이제 식구가 늘었으니 이전보다 돈 들어갈 일이 더 많아지겠죠. 저는 봄길이가 태어나는 걸 잠시 보고 아내에게 "수고했다. 고맙다."는 인사를 한 뒤 다시 일을 하러 갔습니다.

인터넷으로 주문이 들어오면 상품을 포장해서 발송합니다. 재고가 없으면 물건을 떼어 와서 내보내야 합니다. 대량주문이 들어오면 직접 배송하는 경우도 많았죠. 몸은 고되어도 소비자를 직접 만나서 감사 인사를 하고 물건을 전달했습니다. 소비자에게 믿음을 주고 신뢰를 준다고 믿었으니까요. 그렇게 직접 대면한 분들은 재구매 확률이 높았습니다. 재구매를 하신 분들은 다시 주위 사람들에게 입소문을 내서 매출이 조금씩 올랐죠. 저만의 거래처 관리방식이었던 셈입니다. 그렇게 일을 하다 보니 갓 태어난 봄길이를 오래 쳐다보고 있을 수가 없었답니다.

봄길이가 태어난 다음 날 오전에도 물건을 떼러 시장에 나갔습니다. 그런데 갑자기 장모님께서 전화하셨습니다. 무작정 삼성병원으로 오라는 거였습니다. 장모님 목소리는 다급했고 울먹이기까지 했습니다. 자초지종을 물을 사이도 없이 저는 택시를 타고 삼성병원으로 향했습니다. 그런데 다시 전화가 오더니 이번에는 아산병원으로 오라는 겁니다. 순간 겁이 덜컥 났습니다. 아내와 봄길이에게 무슨 일이 생겼구나 하는 생각이 들었습니다.

불길한 상상이 머릿속을 가득 채웠습니다. 그러자 마음이 다급해지기 시작했습니다. 그런데 오늘 따라 택시는 왜 이렇게 느리게 가는지. 가만히 있으면 안 될 것 같아서 난생 처음 기도를 드리기 시작했습니다. 예수님을 간절하게 부르며 두 사람이 무사하도록 지켜달라고 애원했습니다. 부처님을 찾으며 별일 없게 해달라고 빌었습니다. 제가 아는 모든 신들에게 간청을 드렸습니다.

의사는 딸의 병명을 '뇌 병변'이라고 하더군요. 제가 봤을 때는 봄길이는 아무런 이상이 없는 것처럼 느껴졌습니다. 아무런 이상이 없는 것처럼 느낀 제가 얼마나 한심했는지 모릅니다. 무엇을 해야 할지도 몰랐습니다. 그래서 의사에게 물었습니다. 제가 무엇을 어떻게 해야 하느냐. 의사는 먼저 저를 진정시키느라 애를 썼습니다. 안절부절못하는 저부터 안정시킨 다음 아이의 병에 대해 차분하게 설명해주었습니다.

"아버님, 중풍으로 쓰러지시는 노인 분들은 뇌에 상처를 받으신 거잖아요. 봄길이는 뇌에 상처를 받은 채 태어난 거예요. 노인 분들은 회복이 더디고 또 어렵기도 하지만 아이들은 그렇지 않아요. 아이들 뇌는 가능성이 무궁무진하고 계속 성장하니까 단정적으로 말씀드릴 수는 없어요. 자라면서 무슨 일이 있었냐는 듯 완치되는 경우도 많습니다. 병원에 꾸준히 다니면서 치료와 재활을 병행하면 봄길이라는 예쁜 이름처럼 별 탈 없이 완치될 수도 있어요. 아버지께서 그렇게 믿고 저와 함께 최선을 다하셔야 좋은 결과를 기대할 수 있습니다."

저는 끝내 눈물을 보이고 말았습니다. 의사 선생님의 말에 진심이 담겨 있었고 봄길이를 걱정해주는 마음이 느껴졌거든요. 그날 이후 저는 봄길이 때문에 다시는 울지 않겠다고 다짐했습니다. 오늘 하루만 마음 아파하고 앞으로는 봄길이와 항상 웃으면서 치료하겠다고요.

봄길이는 지금 어떤 상태냐고요? 의사 선생님의 말처럼 봄길이는 무궁무진하게 성장했고 각고의 노력 끝에 완치되었습니다. 봄길이는 고된 치료과정을 잘 참고 견뎌냈으며 아내와 저 역시 봄길이의 간호에 정성을 다했으니까요.

가끔 의사 선생님을 처음 만나던 순간이 어제 일처럼 생생하게 떠오를 때가 있습니다. 그때마다 절망하던 제게 따뜻한 말을 건네주던 의사 선생님을 기억하며 늘 감사하는 마음을 잊지 않겠다고 다짐합니다. 어여쁜 봄길이가 당당하게 자라도록 아빠로서 최선을 다하겠다는 약속과 함께.

2013년 모악산 등반 후 문재인 당시 국회의원과 함께 찍은 가족사진

대북사업에 뛰어들다

봄길이는 점점 나아지고 있었지만, 점점 죄어오는 금전적 압박에 마음은 무거웠습니다. 아내와 저는 봄길이를 완치시키기 위해 직장도 그만두고 하던 일도 접고 아이에게만 매달렸습니다. 아이의 건강이 최우선이었으니까 당연한 일이었죠. 봄길이 건강이 어느 정도 회복되자 이젠 돈을 벌어야만 했습니다. 그동안 모았던 돈은 병원비와 생활비로 모두 써버린 상태였습니다. 그런데 인터넷 쇼핑몰은 다시 열 수 없는 상황이었고 어디 오라는 데도 없어서 막막했죠. 틈틈이 직업소개소에 나가 건설 현장에서 일하기도 했지만 병원비와 생활비를 감당하기에는 빠듯했으니까요.

그때 정부에서는 대북 협력사업을 추진하고 있었습니다. 노무현 정부 때 원래는 남북협력공사를 만들어 체계적인 대북사업을 진행하려고 했는데, 야당의 반대로 번번이 무산되자 원래 있던 개성공단 관리위원회를 더해 남북교류협력지원협회를 꾸렸습니다. 협회를 중심으로 대북사업을 진행하려는 의도였죠. 저는 그 남북교류협력지원협회에 입사를 하게 되었습니다. 북한대학원에서 공부했던 저의 전공을 발휘할 기회가 온 거였죠.

저는 원광대병원에 두어 달 근무해본 것 말고는 대선 운동과 인터넷 쇼핑몰 운영이 사회 경험의 전부였습니다. 사단법인 형태였지만 엄연히 통일부 산하기관이었으니 공무원 신분이었죠. 공무원들이 일을 어떻게 하겠다고 올리는 서류를 기안이라고 하는데, 저는 기안이라는 말조차 모르는 상태에서 일을 시작하게 되었습니다. 병원비와 생활비로 무척 곤궁했던 제게 천운이라고 할 수밖에 없는 상황이었죠.

남북교류협력지원협회가 생소하신 분들을 위해 잠깐 설명을 드리면, 남북당국이 경제협력 사업을 합의하면 그것을 이행하는 기관입니다. 남북교류 사업의 남측 이행기관인 거죠. 야당의 반대로 정부기구가 출범하지 못하니 민간 사단법인으로 출발하여 대북 협력사업을 시작한 거였습니다. 협회이기 때문에 직접 사업 수행은 불가능하고 남과 북이 서로 합의한 사업을 정부 당국으로부터 위탁받아 진행하는 기관이었습니다.

협회에서의 활동은 통일운동가의 꿈을 품은 저에게는 좋은 기회였습니다. 책으로만 만날 수 있었던 북한을 직접 겪을 기회였으니까요. 말로만 들었던 북한의 실상을 직접 보고 느끼면서 통일운동에 대한 밑바탕을 그릴 수 있는 데다, 무엇보다도 가장으로서 책임져야 할 몫을 감당하게 되었다는 안도감도 컸죠. 게다가 경제적 여력이 없는 북한에 섬유·신발·비누 등의 경공업 원자재를 지원해주고, 우리는 북한의 풍부한 지하자원을 개발해서 가져오는 남과 북 서로가 누이 좋고 매부 좋은 사업에 기여하게 되었으니 뿌듯한 마음도 들었죠.

남북교류협력지원협회에 근무하면서 북한을 수시로 드나들었습니다. 주로 지하자원이 매장된 곳들 찾아다녔는데 교통은 열악하고 숙소를 비롯한 제반시설들도 열악했습니다. 그러면서 북한 인민들의 생활상이 우리가 TV를 통해 보아왔던 것보다 더 어렵다는 것도 알게 되었죠. 광산을 가기 위해 헬리콥터를 이용하는 경우가 다반사였습니다. 왜냐고요? 도로가 차가 다닐 만한 상태가 아니었던 겁니다. 이렇듯 모든 상황이 열악하다 보니 교류 협력사업 이전에는 북이 단독으로 자원을 채굴할 형편이 못되었던 겁니다. 막대한 자원이 있는데도 제반시설을 갖출 여건을 갖추지 못해서 활용할 수 없는 형편.

북한에서 탔던 40년 된 소련제 헬리콥터

예전이나 지금이나 북한은 ICBM과 같은 첨단 미사일은 잘 만듭니다. 북한 인민의 삶보다는 무력을 통한 체제 유지가 우선이니 그렇겠지요. 하지만 우리는 북한 주민들의 삶에 초점을 맞춰야 합니다. 배는 굶지 말아야 하고 최소한의 인간적 삶이 보장되어야 남북평화와 남북공존을 이야기할 수 있겠죠. 제가 남들보다 약간 더 북한에 관한 공부를 했고 북한에 몇 번 다녀오기도 했지만 북한 내부사정에는 정통한 것은 아닙니다. 어쩌면 국내외 학자 그 누구도 북한 사정을 정확하게 알기는 힘들겠죠. 그만큼 폐쇄적이고 닫힌 사회니까요.

북한을 직접 겪고 북한에 대해 실질적으로 알아가면서 통일운동의 필요성을 더욱 절감했습니다. 8천만 동포가 하나가 된다면 그로 인해 파생될 힘은 상상을 초월할 정도로 대단할 거라고 느꼈으니까요.

남과 북이 함께 꾸는 꿈

　2007년은 남북 모두가 뜨거운 해였습니다. 남북교류협력지원협회가 발족하면서 그 어느 해보다 교류가 활발하게 진행되었으니까요. 이러한 밑바탕은 2005년 7월에 열린 남북경협추진위원회의 10차 회의에서 이루어졌습니다. 이 회의에서 남북은 그동안 행하지 못했던 새로운 방식의 경제협력을 도입 추진하기로 합의했습니다. 쉽게 말하면 남측은 섬유·신발·비누 등 북측이 부족한 경공업 자재를 제공하고, 북측은 지하자원이나 지하자원 개발권 등으로 경공업 원자재의 빚을 갚는 유무상통有無相通 원칙이었죠. 서로가 서로에게 이익이 되는 새로운 협력 방법이었습니다. 그동안은 남측이 주면 북측은 받기만 하는 시혜성 사업 위주였거든요.

　이러한 협력 방법의 변환은 남과 북 모두에게 서로의 장단점을 보완할 수 있는 경제협력 모델이 되었습니다. 경공업이 낙후된 북한에서는 남한의 자본과 기술이 접목되어 경공업 산업의 기반을 다질 수 있고, 광물자원을 수입에 의존하는 우리는 수송비 절감과 함께 안정적인 수급을 확보하게 되니까요. 뿐만 아니라, 남북협력사업을 퍼주기로 매도하는 언론과 야당의 트집 잡기에도 사업의 당위성을 당당하게 설명할 수 있는 좋은 계기가 되었죠.

2007년 7월, 인천항에서 폴리에스터 섬유 500톤을 실은 배가 평안남도 남포항으로 첫 항해를 시작했습니다. 그동안 쌀이나 완제품으로 제공되었던 물품이 경공업 원자재로는 처음 출항한 것이었죠. 이 일을 시작으로 광산·철도·전기 등 전문가로 구성된 한국 조사단이 북측지역 3개 광산에 대한 현지 공동조사에 돌입하게 됩니다. 저 역시 광산 공동조사단에 합류하여 북한을 오가게 되었고요.

북한 단천지역 지하자원 공동조사는 3차례에 걸쳐 진행되었습니다. 우리로 치면 태백지역이라고 생각하면 빠릅니다. 태백지역도 산으로 이루어져서 석탄 같은 지하자원이 풍부한 것처럼 함경북도 단천지역 역시 첩첩산중이었죠. 조사 전에는 함경북도 단천에 위치한 검덕, 룡양, 대흥광산에는 지하자원이 어마어마할 거라고 가늠만 했지 실제 매장량은 알지 못했습니다.

전문가들과 함께 위의 세 광산을 찾아가 조사한 결과 마그네사이트와 아연의 최대 집산지로 밝혀졌습니다. 특히 룡양 광산은 마그네사이트가 36억톤이나 묻혀 있는 세계 최대의 노천 광산으로 판명 났죠. 어느 정도 짐작은 했지만 세계 최대 매장량이라니, 교과서에서만 배웠던 북한 지하자원의 실제 매장량을 보고 우리는 감탄할 수밖에 없었습니다.

그런데 마그네사이트가 뭐냐고 궁금하신 분들도 있겠죠? 저도 정치학을 전공했기에 잘 몰랐지만, 마그네사이트는 마그네슘의 원료이고 마그네슘은 컴퓨터·카메라·핸드폰 등의 필수 재료랍니다. 남측이 그 지하자원을 채취해서 들여오기만 한다면 황금알을 낳는 거위인 셈이었습니다. 마그네사이트 말고도 검덕광산 주변에서는 아연 3억톤이 있는 것으로 추정되었으니 사업 타당성은 입증 완료된 셈이었죠.

이러한 결과물을 손에 든 우리는 마치 통일이라도 된 것처럼 기뻐했습니다. 전문가들도 어느 정도 예상은 했지만 이처럼 어마어마할 거라고는 상상을 못했으니까요. 이대로 남북협력사업이 장기적으로 진행된다면 남과 북의 발전은 불을 보듯 뻔한 일이라고 모두 자축하는 분위기였습니다. 저 역시 가슴이 벅차올랐고 보람을 느꼈습니다. 우리 민족의 역사에 한 페이지를 장식하게 될 일에 저의 노력과 땀이 포함되었으니까요. 분단 70여 년만에 화해와 평화가 공존하는 새로운 시대를 열어갈 역사적 현장에 제가 있었으니까요.

가슴 벅찼던 일은 그것만이 아니었습니다. 우리가 제공한 경공업 원료를 받은 북한이 2007년 12월과 2008년 1월에 아연 998톤을 보내왔습니다. 남측으로부터 받은 차관을 상환한 것이었죠. 이때까지만 해도 '경공업 및 지하자원 개발'은 순풍에 돛을 단 듯 순조롭게 진행되었습니다. 너무나도 순조로워서 그 어떤 역경도 없을 거라고 생각했지요. 하지만 얼마 뒤 모든 남북협력 사업은 중단되었고, 금강산 관광객 피격 사건이 발생하면서 북한과의 연락은 두절되고 말았습니다.

2007년과 2008년을 뒤돌아보면 낮잠을 자다가 화창한 꿈을 꾼 것처럼 여겨집니다. 너무도 생생해서 잠이 깬 뒤에도 입가의 미소가 떠나지 않는 꿈. 그 꿈은 머지않아 다시 우리를 찾아올 거라고 믿습니다. 그 꿈이 다시 우리에게 찾아오는 날에는 여러분과 제가 손을 맞잡고 함께 덩실덩실 춤을 추어도 좋겠습니다.

지하자원을 조사하기 위해 방문한 북한의 6월5일갱 앞에서 남측 전문가들과 함께

오래된 물건에서는
사람 냄새가 난다

2007년에는 노무현 대통령님과 김정일 국방위원장의 남북대화 일정이 잡혀있었습니다. 남북 정상회담이 잡혀있으니 남북교류협력은 물꼬를 튼 모양새였죠. 자연스레 북한을 자주 오가게 되었습니다. 북한을 오갈 때마다 대부분은 중국을 거쳐 평양으로 들어갔습니다. 통일을 위한 돌다리인 남북협력 사업을 하는데 남의 나라를 거쳐 가야 하는 상황에 분단의 현실을 체감할수 있었습니다. 한편으로는 막 기지개 켠 남북협력 사업이 어떤방향으로 흘러가게 될지 기대와 걱정이 교차했습니다.

북한을 오가던 그때를 회상하니 면도기가 생각납니다. 2007년에 구입한 것이었는데 그동안 고장 한 번 나지 않고 제 수염을 책임지던 녀석이었습니다. 2007년부터 지금까지 15년 동안이나 사용했으니 낡을 대로 낡았지만 그만큼 정이 든 면도기죠. 오랜 시간 손때 묻혀 사용하다 보니 친근한 벗처럼 여겨져서 녀석이라는 호칭이 더 어울리는 물건이지요.

그런데 얼마 전 면도를 하다 손에서 미끄러져 변기에 빠뜨렸는데 변기 물이 더럽다는 생각보다 먼저 손이 반응해서 건져냈습니다. 아까워서가 아니라 정이 너무 들어서 그랬던 거죠. 면도기와 제 손에 묻은 변기 물은 안중에도 없었습니다. 녀석이 건사하길 바랄 뿐이었죠. 녀석의 몸체에 묻은 물기를 모두 닦아내고 다시 작동하길 바라며 햇볕 잘 드는 곳에 놔두었습니다.

면도기 때문인지 모르지만, 그날 일정 내내 침울했습니다. 일정을 마치고 집에 돌아오자마자 면도기부터 살폈습니다. 혹여나 몸체에 물기가 남았을지도 몰라 드라이기로 다시 한 번 더 말렸습니다. 혹시 했는데 역시 작동되지 않더군요. 아내는 오래 사용했으니 이번 기회에 바꾸자고 했지만 손에서 녀석을 떠나보낼 수가 없더군요. 동물이라면 병원이라도 데려가련만…… 오래된 전자기기라 부품 구하기가 힘들 텐데…….

그러고 보니 2007년에 구입한 친구가 또 있네요. 그 녀석도 오랫동안 저와 함께해서 낡을 대로 낡았지만 여전히 저의 사랑을 듬뿍 받고 있죠. 2007년형 소나타 승용차. 저의 첫차이자 우리 가족의 첫차인 친구입니다. 이 녀석은 여전히 튼튼해서 사고한 번 내지 않았고 잔 고장도 없이 잘 버텨주고 있죠. 30만km 가까이 타다 보니 주변 사람들이 이젠 바꾸라고 핀잔을 주기도 하지만 녀석은 여전히 저의 가장 튼튼한 발이 되어주고 있습니다.

오래된 물건에서 사람 냄새가 물씬 풍기는 경우를 여럿 봐왔습니다. 다 닳아빠진 농기구에서 고단하지만 성실한 아버지의 모습을 보았고, 고무줄이 늘어나고 해질 대로 해진 몸빼바지에서는 자신의 몸은 돌보지 않은 채 무한사랑을 베푸는 어머니의 모습을 봤습니다. 면도기와 자동차를 보면서 나도 낡아가고 있다는 생각…… 어쩌면 면도기와 자동차에 나 자신을 투영하는 것일지도 모르죠. 한낱 물건한테 그런 감정을 느끼냐고 물을 수도 있습니다. 그런데 저는 손때 묻은 물건을 보면 왠지 모를 잔잔한 그리움이 가슴속으로 밀려오곤 한답니다.

뜬금없는 얘기지만 기억나는 사람이 있습니다. 같은 대학원에서 공부했던 오영석 형.

형은 잘 다니던 대기업을 2007년에 그만두었습니다. 남북협력 사업이 물꼬를 트자 북한 땅에서 일하고 싶다고 그만둔 것이었습니다. 그 형은 물류관리사 시험에서 전국 1등을 할 정도로 명석한 두뇌를 지닌 인재인데다 북한에 관해서도 해박한 지식을 갖춘 전문가였죠. 그런 형이 남북협력 사업이 활성화되자 잘 다니던 회사를 그만둔 겁니다. 제가 다니던 남북교류협력지원협회에 들어올 기회가 있었지만, 형은 북한에 상주하면서 일을 하고 싶다고 새로 생길 금강산 관리위원회에 들어가겠다고 했죠.

당시 정부의 계획은 개성공단 관리위원회와 제가 몸담고 있던 남북교류협력지원협회, 그리고 곧 만들어질 금강산 관리위원회, 이 세 단체를 묶어 남북협력공사를 출범시켜 남북협력 사업에 대한 총괄 공사를 만드는 거였습니다. 형은 금강산에 개설하려고 했던 금강산 관리위원회를 염두에 둔 거였죠. 하지만 금강산 관리위원회는 사정에 의해 만들어지지 못했습니다.

형이 좌절하는 모습을 지켜보는 저의 심정은 미칠 것 같았습니다. 북한과 관련된 인재를 이렇게 썩힐 수밖에 없는 상황이 너무나 안타까웠죠. 결국 형은 자신이 원하던 북한 관련 일은 못하게 되었지만, 지금은 다른 분야에서 꽤 두각을 나타내고 있습니다. 만약 남북관계가 당초 목표대로 잘 흘러갔다면 형은 뛰어난 북한 전문가가 되었을 텐데요.

오래 사용했던 물건과의 이별은 살면서 종종 겪는 일인데 유독 더 정감이 가는 물건이 있습니다. 제게는 면도기가 그랬죠. 그 면도기는 상추 이중선의 역사가 고스란히 녹아있는 물건이었습니다. 직장 생활을 함께 한 물건이고 제가 가는 곳마다 동행한 필수품이었습니다.

2007년은 저에게 중요한 해였습니다. 가장으로서의 간절함

끝에 직장을 얻은 해였고, 통일운동가를 꿈꾸는 제가 북한을 처음 접한 해였으니까요. 그해부터 저와 함께 해온 면도기와 승용차가 낡은 만큼 저도 나이를 먹었습니다. 그런데 그 물건들과 제가 다른 점이 있는데, 그건 상추 이중선은 그 세월 동안 경험과 관록이 쌓였다는 것입니다.

2007년은 저에게 새로운 시작을 하는 해였고, 2022년은 저에게 새롭게 도약하는 해가 될 것입니다. 저의 새로운 도약이 우리의 도약이 되고, 우리의 도약이 지역의 도약이 되는 그날을 위해 더욱 열심히 저 자신을 채찍질하겠습니다.

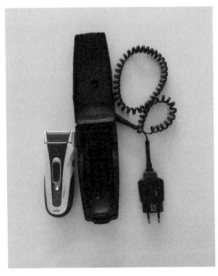

15년 동안 함께 한 면도기

북에서 보낸 생일 축하 편지

제 머릿속에 저장되어 있는 최고의 기억은 무엇일까요? 여러 사건과 사람들이 있지만, 그중 하나만 꼽으라고 한다면 저는 주저하지 않고 첫 북한방문입니다. 우리와 가장 가까운 땅임에도 불구하고 북한은 누구나 갈 수 있는 곳도 아니고 원한다고 갈 수 있는 곳도 아니니까요.

남북교류협력지원협회에 입사하고 얼마 되지 않았을 때였죠. 개성에서 남북 실무 협의회가 예정되어 있어서 직원들과 함께 버스에 올랐습니다. 이때까지만 해도 파주나 수원처럼 인접한 도시로 회의하러 가는 분위기였죠. 저를 비롯하여 북한 땅이 처음인 직원들은 설레었지만 딱히 표현할 방법은 없었습니다. 관광이 아니라 중대한 남북 실무 협의를 하러 가는 것이니까요. 긴장 아닌 긴장, 설렘 아닌 설렘. 딱 그 말이 맞는 것 같습니다.

우리 측 판문점에 도착해서 서류 검사와 여권 검사를 끝내고 버스가 출발했습니다. 그날따라 차창에는 햇볕이 오지게 푸르렀고 하늘은 유난히 맑았습니다. 처음 밟는 땅, 처음 맡아 보는 공기, 처음 시야에 들어오는 풍경들.

어느 정도 시간이 지나자 차창 밖으로 북한 땅이 환히 내다보였습니다. 순간 나도 모르게 눈물이 흘러내렸습니다. 감격적이다, 같은 민족의 동질감이 느껴졌다, 이런 식상한 표현으로 어찌 그 감정을 다 표현할 수 있을까요.

눈에 보이는 들녘과 산야는 앙상해 보였습니다. 오랜만에 뵌 먼 친척의 마른 모습에 가슴이 아파오는 느낌이랄까요? 이상하게도 그런 느낌이 들어 가슴이 아팠습니다. 감격도 있었고 동질감도 있었습니다. 눈앞에 펼쳐진 광경은 제 고향의 평범한 들판이나 산과 똑같이 생겼더군요. 다른 게 있다면 듬성듬성한 나무들, 무언가 채워지지 못한 게 있는 것처럼 허전한 들녘, 생기 없이 망연한 표정으로 서 있는 민가들.

개성에 도착해서 북한 실무자와 악수를 한 다음 곧장 회의를 시작했습니다. 서로 인사를 하고 안부를 묻고 농담을 할 때까지만 해도 의사소통에 큰 문제가 없었습니다. 어투가 다르고 단어도 조금씩 달랐지만 이해하지 못할 수준은 아니었으니까요. 우리는 같은 민족이고 한반도에서 함께 살아가는 이웃이었으니까요. 그런데 막상 실무 협상에 들어가자마자 낯선 것 투성이었습니다. 실무 이야기를 하다 보니 쓰임이 달라서 잘 이해되지 않는 단어가 많았습니다. 서로의 의견을 조금이라도 더 관철시키려고 애쓰다 보니 말의 속도도 빨라졌습니다. 첫 회의는 그렇게 정신 없이 지나갔습니다.

첫 회의를 마치고나자 이상한 감정이 들더군요. 가슴 한구석에는 북녘 땅을 밟았다는 감동과 놀라움으로 살짝 들뜬 감정이 있었지만, 머릿속은 협상 결과와 그에 따른 후속처리로 분주했으니까요. 감정과 현실, 그리고 놀라움과 감동, 딱 그 사이에 놓인 상태였죠.

그 이후 북한을 수시로 드나들었습니다. 한번 북한에 가면 2~3주씩 있었습니다. 북에서 어마어마한 장마를 만나 물난리도 겪었고 그 때문에 업무는 처리하지 못한 채 며칠 동안 발이 묶이기도 했습니다. 그 어마어마한 물난리 덕에 남북 정상회담마저 연기되고 말았죠.

장마 때문에 어쩔 수 없이 발이 묶였던 지역에 목욕탕이 있었습니다. 목욕탕 굴뚝에서 연기가 올라오면 우리는 오늘도 못 떠나고 여기에 있어야 한다는 걸 알았죠. 그 목욕탕은 남측 실무자인 우리를 위해 운영했으니까요. 우리가 그곳을 떠나게 된다면 목욕탕에 불을 지필 이유가 없었으니까요.

우리는 매일 아침마다 목욕탕 굴뚝을 살폈고, 여지없이 연기가 오르면 돌아가기 글렀다고 생각했습니다. 그렇게 아무 일 못하고 며칠이 지나고 있었죠.

그즈음 봄길이 돌잔치가 있었습니다. 일정은 자꾸 미뤄지고 결국 남으로 돌아가기로 한 날짜에도 북에 머물게 되었죠. 저는 봄길이와 집사람에게 편지를 썼습니다. 다 쓴 편지를 우리를 담당하는 북한 참사에게 부탁하면 참사는 팩스로 편지를 평양으로 보냈고, 평양에서는 다시 팩스로 남북회담 사무국으로 전해주었습니다. 남북회담 사무국에서는 남한에 있는 우리 협회로 보내주었고 그렇게 몇 단계를 거쳐야 마침내 가족에게 전달이 되었죠.

서울에서 물리적 거리는 몇 시간 되지 않았지만, 그곳은 멀고 먼 북한 땅이었습니다.

'까무치'라는 말, 참 곱죠?

북에 조금 오래 있을 때였습니다. 제가 머물 지역에 도착하니 개들이 제법 많이 돌아다니더군요. 뭐, 그러려니 했죠. 북한 산골에도 사람이 사니까요. 그러던 어느 날 북한 참사가 커다란 고기 상을 내오는 것 아니겠어요? 우리는 같은 동포라고 잘 접대해주는 줄 알았습니다. 그래서 답례로 고맙다고 200불을 건넸습니다. 그러자 그런 일이 자꾸 반복되더군요. 고마워서 주머니에 넣어뒀던 200불을 기대해서인지 고기 상을 또 내오는 겁니다. 북한에서 달러의 힘이 크다는 걸 새삼 깨달은 사건이었죠.

그런데 그 고기는 맛이 있는 게 아니었어요. 뜯을 것도 별로 없고 맛도 없어서 우리는 먹는 둥 마는 둥 했고 대부분 북한 사람들 배로 들어갔죠. 대충 눈치는 채고 있었지만 나중에 '단고기'라고 하더군요. 2주 조금 넘게 있었는데 떠날 때 보니 그 많던 개들이 꽤 줄었더군요. 그렇다고 오해는 마세요. 전 지금은 개고기를 먹지 않는답니다.

저는 북한 음식이 입에 잘 맞지 않았습니다. 그래서 궁여지책으로 찾은 게 '까무치'였죠. 까무치라는 말 참 어여쁘지 않습니까? 그게 무슨 음식인지 궁금하신 분도 많으시죠?

까무치는 전라도 말로 깜밥, 서울말로는 누룽지입니다. 새벽 5시면 제가 머물던 동네의 국숫집에서 큰 솥으로 밥을 하는데 밥이 다 될 때쯤 비닐봉지 하나 들고 가서 기다렸죠. 그렇게 얻어온 까무치에 가지고 간 고추장을 발라 아침 끼니를 때우곤 했네요.

북한 음식을 한마디로 정의하면 슴슴합니다. 자극적이지 않아서 강한 맛에 길들어진 우리 입맛엔 잘 맞지가 않더군요. 그래서 북한으로 출장을 갈 때면 스팸, 참치, 고추장 같은 걸 잔뜩 가지고 갔습니다. 김치도 전라도에서는 젓갈이 들어가야 제대로 맛이 난다고 여기지만 북한 김치는 허여멀건 했습니다. 아무래도 물자가 부족하고 식량도 부족하니 음식문화가 다양하지는 않은 것 같았습니다.

북한을 여러 번 드나들면서 제 입맛에 맞는 음식도 꽤 찾아 먹었습니다. 우리네 전주가 음식의 고장인 것처럼 북한에서도 평안도 음식은 맛깔스럽더군요. 그 유명한 평양냉면은 다들 아실 거고, 평안도의 콩나물김치와 황해도의 고수김치는 별미였습니다. 전주비빔밥은 나물과 고명을 얹어 고추장으로 비비는데 간장으로 비비는 해주비빔밥은 색다른 맛을 선사했습니다.

입에 맞지 않는 북한 음식에 대비해서 비상식량을 잔뜩 준비해 갔다가 우리가 떠나는 날이 되면 남은 걸 그곳 사람들에게 나눠주곤 했습니다. 그런데 어쩌다 예정한 날에 떠나지 못했던 적이 있었죠. 떠나는 줄 알고 남은 식량을 모두 나누어주었는데 출발이 연기되자 음식을 도로 달라고 사정했습니다. 받을 때는 고맙다고 인사를 하던 사람이 몇 개만 돌려달라고 하니 안 된다고 딱 잡아떼더군요.

화가 나서 따졌습니다. 방금 우리가 줬던 음식 중에서 두어 개만 되돌려 달라는데 왜 이렇게 야박하냐고요. 우리를 관리하는 북한 참사들과 사이좋게 지내야 조금이라도 편해서 웬만한 일은 그냥 넘어가곤 했는데 그날은 부아가 치밀더군요. 결국 스팸 두 개를 되돌려 받아서 맛있게 먹는 걸로 해프닝은 끝났습니다.

작은 에피소드였지만 남과 북이 협력할 것은 경제뿐만 아니라 인적 교류 또한 원활하게 이루어져야 한다는 걸 깨달은 사건이었죠. 친해져서 말을 놓는 사이였다가도 급속으로 냉랭해지는 경험을 수도 없이 했습니다. 가까워졌다가도 밀어내는 듯한 거리감을 느낄 때마다 우리 동포가 맞는지 의심이 들기도 했고요.

언어의 측면에서는 북한이 조금 부럽기도 했습니다. 우리의 순수한 말을 고스란히 지니고 있는 게 많이 있었으니까요. '깜밥'이라는 전라도 말이 예쁜 것처럼 북한의 '까무치'라는 말도 참고왔습니다. 우리는 홍수라고 하는데 북한 사람들은 '큰 물난리'라고 하더군요. '작은 물난리'도 있냐고 물으니 그렇다고 하더군요. 우리도 물난리라는 말을 쓰지만 큰 물난리, 작은 물난리라고 하지는 않죠. 외국어와 외래어가 범람하는 우리의 언어습관을 되돌아보는 좋은 계기였습니다.

할 일이 없는데
나랏돈 받으면 안 되죠

2008년에 이명박 정부가 들어서면서 남북관계는 급작스레 얼어붙고 말았습니다. 여당이 된 보수당은 남북과 관련된 모든 협력사업을 탈탈 털었고 삐딱한 시선으로 호도했습니다. 구실을 잡으면 언론에 의해 부풀려졌고 모든 일에 원리원칙이라는 잣대를 들이댔습니다. 국가 1급기밀인 남북 정상회담 내용까지 언론에 흘리면서 평화적으로 구축했던 남북 협력사업도 마녀사냥의 도구로 삼았습니다. 북한과 남한을 오가며 평화를 위한 밑그림을 그렸던 사업들을 마치 독재자의 호주머니를 챙겨준 일처럼 폄하했습니다. 그러다 보니 남북교류협력지원협회를 비롯한 대북사업 기구들은 유명무실해질 수밖에 없었죠.

이념보다는 평화와 공존, 서로의 번영을 바라며 노력을 아끼지 않았던 일들이 바뀐 정권에 의해 파괴되고 물거품이 되어 갔습니다. 지난 정부의 치적은 모두 거짓이 되고 자신의 일에만 정당성을 부여하는 일이 자행되었습니다. 그렇게 다시 남북관계는 후퇴했고 남북협력은 현실이 아닌 한낱 꿈으로 변모되었습니다. 실리는 안중에도 없는 파벌 싸움과 이념 갈등이 여전히 우리의 현실이라는 걸 목격했죠.

이명박 정권이 들어선 뒤 마지막 북한 방문은 2008년 5월 24일부터 5월 30일까지였습니다. 일주일간의 출장이었지만 전과는 다른 분위기였습니다. 정권이 바뀌자 우리를 담당하는 북한 참사들마저 우리를 바라보는 모습이 싸늘했습니다. 참사들과 원활한 관계를 유지해야 북한에서의 활동이 편한데, 예전과 다르게 경계를 하는 모습이었습니다. 그러다 보니 작은 것 하나를 요청해도 외면받기 일쑤였고 업무를 위한 협력에도 시큰둥한 반응들이었습니다. 남북이 경색되어가던 이명박 정권 초창기 시절이어서 북측 관계자들은 업무보다는 남측의 동향과 앞으로의 전망을 타진하는 경우가 많았습니다. 경색되어가는 남북관계를 보면서 우리 역시 답답했으니 그들에게 '어떻다.' 혹은 '어떻게 될 것이다.'라는 답을 하지 못했죠.

업무를 마치고 한국으로 돌아오는 길에 북한이 서해상에 단거리 미사일 3발을 발사했다는 뉴스를 접하고 착잡한 심정이 들더군요. 남북관계는 더욱 얼어붙을 게 뻔했고, 이념이라는 것이 같은 민족을 이토록 갈라놓는 도구가 될 수 있다는 게 무서웠습니다. 1년 남짓한 사이에 온탕이 얼음 가득한 냉탕으로 바뀌었습니다. 환했던 웃음이 다시 으르렁거리는 이빨이 되었고 칼이 되었고 미사일이 되었습니다. 뉴스에서만 봐오던 분단의 엄중함을 절실하게 체감했습니다.

저는 잠깐의 화해 분위기를 경험하면서 남과 북이 곧 하나가 될 거라고 생각했습니다. 우리 민족의 저력과 한 핏줄이 지닌 공통적인 본연의 모습이 있으므로 분단이라는 난제를 잘 이겨낼 것이라고 믿었죠. 그러한 생각은 저의 착각이었습니다.

분단된 상태로 60여 년의 세월이 흐르면 민족이나 핏줄보다는 이념과 사상이 앞설 수 있다는 걸 깨닫는 사건이 일어났죠. 바로 '금강산 관광객 피살 사건' 말입니다. 아침 뉴스로 그 사건을 접하는 순간, 우려와 걱정이 아닌 분노가 치솟았습니다. 민간인에게 총을 발사했다는 것은 충격이었습니다. 아무리 남북관계가 악화일로에 있다지만 전시 상황도 아닌데 민간인에게 총격을 가했다는 건 묵과할 수 없는 일이었습니다. 대북 협력사업을 담당하는 사람으로서 한순간에 모든 걸 나락으로 빠뜨리는 북한의 태도에 분노가 치솟았습니다.

금강산 관광객 피살 사건 이후 여론은 완전히 돌아섰고 그나마 유지되던 모든 협력사업도 멈췄습니다. 저를 비롯한 직원들이 할 수 있는 일은 하나도 없었습니다. 아니, 할 일은 있었지만 일을 진행할 대상이 없었습니다. 할 수 있는 일이라고는 언제가 될지 모르지만 재개될 사업을 위한 서류 준비 정도였죠. 우리뿐만이 아니었습니다. 사기업인 현대아산 직원들도 어느 날부터 하나둘 보이지 않았습니다. 유난히 붙임성 좋고 성격이 밝은 신입직원도 그 사건 이후 볼 수가 없었습니다.

남북 경색국면이 길어지자 협회에도 칼바람이 불기 시작했습니다. 처음엔 임시직이 잘리고 그다음은 계약직 직원들이 퇴사 권고를 받았습니다. 이제 곧 정규직 직원들 차례였죠.

저는 남북교류협력지원협회에 들어올 때 3년만 다니려고 했습니다. 처음 발족한 협회이니 어느 정도 궤도에 올라가는 시점을 3년으로 본 거였죠. 그다음은 저보다 유능한 후임자들 몫이라고 생각했고요.

할 일이 없는데 계속 자리를 차지하고 있을 수 없었습니다. 할 일이 없는데도 나랏돈을 받아먹고 있으면 안 되는 거잖아요. 그래서 과감히 사표를 던졌습니다. 2007년 5월부터 3년을 일하려고 입사했던 협회를 2년도 못 채우고 2009년 1월에 떠났습니다.

4부

검은 침묵,
검은 슬픔

까만 날들의 시작

두 번째 직장도 2년 만에 사표를 던졌습니다. 제 발로 걸어 나왔으니 후회는 없었다……는 거짓말입니다. 나오고 나서 몇 번이나 후회를 했고 잘했다고 스스로 위안 삼았다가 왜 나왔지? 하는 반문도 수시로 했습니다. 인간은 그런 존재잖아요. 때론 후회할 줄 알면서도 밀어붙이는.

노짱 대선 운동 기간에도 후회를 한 적이 있었습니다. 일정을 끝내고 문성근 대표와 함께 서울에 도착하니 밤 12시가 조금 넘었습니다. 당시 고시원에서 살고 있었는데 그곳까지 갈 차비가 없는 겁니다. 누구한테 차비를 달라고 말하기가 그래서 무작정 걷기 시작했습니다. 한참을 걷다 보니 한강 다리가 나오더군요. 한강 다리에서 바라보는 서울의 밤은 저와는 너무나 달라 보였습니다. 주변 풍경은 이질적으로 다가왔고 한강 다리 위에 서 있는 제가 이방인처럼 느껴지더군요. 내가 지금 서울에서 무얼 하고 있는가, 하는 씁쓸하고 외로운 생각. 그날 고시원까지 이런저런 생각을 하면서 두 시간을 걸었습니다.

여하튼 후회는 짧게 하고 끝내고 머릿속에 있던 사업구상을 구체화하기 시작했습니다. 아버지께서 진안에서 오랫동안 인삼 농사를 하셨으니 인삼을 이용해서 먹고살 궁리를 한 겁니다. 그즈음 진안이 홍삼한방특구로 지정되어 홍삼과 인삼이 활성화되는 시점이었죠. 어느 정도 사업설계가 끝나자 퇴직금도 있으니 아내와 봄길이랑 좀 놀아보자 싶었습니다. 봄길이는 투병 생활을 오래 했고 아내도 봄길이 간호로 여유라는 걸 제대로 누리지 못했으니까요.

2007년에 산 소나타에 쌀과 밥솥을 싣고 무작정 여행을 떠났습니다. 이것저것 준비하면 길어질 거 같아서 대충 필요한 것만 싣고 후다닥 출발했죠. 잠은 모텔에서 자고 모텔 방에서 아침을 지어 먹고 남는 밥은 도시락을 쌌습니다. 반찬은 김과 김치면 됐고 가끔 마트에 들러 특식(?)을 차리기도 했죠. 그렇다고 궁색한 여행은 아니었습니다. 각 지역의 유명한 먹을거리는 꼭 맛을 봤고 명승지와 관광지는 죄다 찾아다니면서 원 없이 길고 긴 여행을 했죠.

긴 여행을 끝으로 서울로 돌아왔지만 여정은 끝나지 않았습니다. 여행을 마무리하는 여행 종료식을 거행해야지 않겠어요? 친하게 지내던 형님들과 들꽃향린교회 사람들과 양평에서 술자리를 가졌습니다. 금요일이었으니 다음날 출근할 걱정도 없었죠. 그동안 밀린 이야기와 못다 한 이야기로 날을 새며 술을 마셨습니다.

술을 진탕 마셨으니 다음날 어떻겠어요? 술꾼들은 잘 아시겠지만 몸이 얼마나 힘듭니까. 쓰린 속을 한 채 늦잠을 자고 있었죠. 그런데 전화벨이 요란하게 울리는 게 아니겠어요? 숙취에 시달리는 상태라서 전화가 오든 말든 드러누워 있었죠. 그런데 몇 번 울리다 그칠 줄 알았던 전화벨이 계속 울려대는 겁니다. 겨우 일어나 짜증을 내면서 전화를 받았습니다. 문성근 대표이셨어요. 다짜고짜 TV 뉴스 봤냐고 하시더군요. 안 봤다고 했더니 빨리 TV를 보라고 하면서 김포공항으로 오라고 하고는 끊으셨죠.

씻기 위해 욕실로 들어가며 아내에게 TV를 켜보라고 했죠. TV가 켜지는 순간, 저는 욕실과 방의 경계에서 얼어붙고 말았습니다.

"노무현 대통령 사망!"

처음 언론에서는 서거가 아니라 사망이라고 했습니다. 어지러웠습니다. 하늘이 무너지는 것 같았습니다. 다음 순간, 아나운서

멘트와 자막에 분노가 치밀었습니다. 저도 모르게 욕이 튀어나왔습니다. 한 나라의 대통령이셨던 분에게 서거가 아닌 사망이라는 표현을 쓰다니요. 나의 노짱님을, 우리의 노무현 대통령님을 함부로 표현하는 것에 분노가 치솟았습니다. 마녀사냥에 앞장섰던 언론들이 노무현 대통령을 다시 무참하게 짓밟고 있었습니다.

얼굴에 물만 묻힌 뒤 택시를 잡아타고 김포공항으로 향했습니다. 뉴스를 봤지만 믿기지 않았습니다. 귀로 들었지만 생시인 것 같지 않았습니다. 모든 게 거짓말 같았고 세상이 가짜 같았습니다. 차창 밖의 풍경은 드라마 세트장 같았습니다.

"기사님, 제가 너무 급하니까 요금 따블로 드릴 테니 빨리 좀 가주세요."

제 말에 운전기사님은 대뜸 "봉하마을 가세요?"라고 묻더군요. 기사님 말을 듣고서야 모든 게 사실이구나 느껴졌습니다. 세상 사람들이 다 알고 있으니 꿈이 아닌 현실인 거죠.

정신없이 공항에 도착했습니다. 노짱 후원회장이던 이기명 선생과 문성근 대표가 저를 기다리고 있었습니다. 인사도 못 나눴습니다. 침묵뿐이었습니다. 까만 침묵이 공항 전체를 물들였고 까만 슬픔이 기내에서도 까맣게 흘렀습니다. 까만 날들의 시작이었습니다.

오늘은 좀 슬퍼해야겠습니다

봉하마을에 도착하니 비통함으로 가득했습니다. 여기저기에서 울음소리가 들려왔고 취재하는 기자들의 분주한 발소리와 카메라 셔터 소리, 애통함과 분노로 들끓는 소리가 날카로운 송곳이 되어 가슴 구석구석을 찔렀습니다. 노무현 대통령님께서 서거하셨다는 사실이 분노에서 애통함으로, 애통함에서 슬픔으로, 슬픔에서 담담함으로 바뀌었습니다.

많은 관계자가 모여 영정사진을 결정했습니다. 영정사진을 뵈니 노짱님의 웃는 목소리가 어찌나 귓가에 맺히던지……. 후회를 했습니다. 그의 곁을 떠났던 것을 처음으로 후회했습니다. 노짱님 곁에서 힘이 되어드리지 못한 것이 가슴을 후벼 파고 사정없이 난도질하고 있었습니다.

울지 않았습니다. 울지 말아야 한다고 다짐했고 울어서는 안 된다고 생각했습니다. 비주류 정치인에서 대통령이 되었지만, 언론에 의해 철저히 배척당하고 외면당하고 조롱당했습니다. 언론과 야당에 의해 주류가 되어야 할 대통령이 비주류 대통령으로 치부되고 외면을 받았습니다. 야당은 멸시와 조롱을 일삼았고 자신들의 연찬회에서는 연극으로 가장해 욕설과 인신공격을 거침없이 해댔습니다. 퇴임 후 검찰은 기다렸다는 듯이 물어뜯었고 검찰청으로 향하는 노무현 대통령님의 차량은 전국으로 생중계되면서 한 인간으로서의 인격과 전직 대통령으로서의 예우는 눈을 씻고 찾아볼 수가 없었습니다. 치욕과 조롱과 멸시와 천대……. 새로 들어선 정부와 언론과 검찰은 조직적이었고 일사불란하게 노무현 대통령님에게 린치를 가했습니다. 그러므로 울어서는 안 되었습니다. 온전한 정신으로 장례식 절차를 마무리해야 된다고 생각했습니다.

조문을 하는 행렬은 끝이 보이지 않았습니다. 그런데 갑자기 저 뒤쪽이 소란스러워지더니 고함이 난무하기 시작했습니다. 많은 사람들이 누군가를 에워싼 채 항의하고 호통을 치고 있었습니다. 당시 국회의장이었던 한나라당 김형오 의원이었습니다. 물병이 날아오고 몸싸움이 벌어졌습니다. 조문객들의 거센 항의에 쫓기듯 마을로 피신했지만, 시민들이 막아서서 가지도 오지도 못하는 상황이 되었습니다. 결국 상주로 장례 의식을 총괄하던 문재인 대통령님이 나섰습니다.

"국회의장님이 조문을 오셨는데 조문을 막고 못하게 하는 건 예의가 아닙니다."라고 했지만 사람들은 쉽사리 길을 터주지 않았습니다. 서울 분향소가 차려진 덕수궁에서 일반 시민들의 조문을 못하게 경찰이 막고 있었기 때문이었죠.

노무현 대통령님의 비서실장을 지냈던 문재인 대통령님은 조문객들을 설득했습니다. 조문은 못하게 하더라도 돌아갈 수는 있게 하자, 돌아가서 덕수궁 분향소를 일반 시민에게 개방하도록 애써달라고 부탁하자고 말씀하셨지요. 그렇게 해서 겨우 소동은 마무리되었습니다.

이명박 정부가 덕수궁 분향소를 전경과 의경 버스로 둘러막고 원천봉쇄했다는 소식을 그때 처음 접했습니다. 무엇이 무서워서 조문 행렬까지 막아서며 제지해야 했을까요? 정권이 바뀌자 상식이 통하지 않는다는 느낌이었습니다. 모든 것들의 부정, 모든 것들에 대한 주관적인 잣대, 정치적 공작과 이념적 권모술수가 난무했습니다.

봉하마을로 향할 때 아무런 준비도 없이 빈 몸으로 왔으니 필요한 게 많았습니다. 문성근 대표가 촬영 일정 때문에 서울로 가실 때 저도 집에 가서 필요한 물건들을 챙겨 차를 몰고 다시 봉하마을로 향했습니다.

2009년 5월 23일, 서거하신 노무현 대통령님을 국민장으로 보내드리기로 결정되었습니다. 5월 29일 새벽, 봉하마을에서 유족과 관계자들이 모여 발인식을 했습니다. 눈물의 바다였고 통곡의 바다였습니다. 헤어지기 싫은 노무현 대통령님의 영정을 붙잡지도 못한 채 가슴을 치며 울부짖는 사람들이 많았습니다. 누구는 허물어지듯이 주저앉았고 누구는 주저앉은 그들을 껴안으며 같이 울었습니다.

저도 서울 영결식장을 향해 출발했습니다. 제 차를 몰고 서울로 향하다 대전쯤에 이르렀는데 참고 참았던 눈물이 갑자기 터져 나왔습니다. 손으로 훔치는데도 눈물이 닦아지지 않았습니다. 꾹꾹 눌러왔던 눈물이 터지자 강이 되고 바다가 되어 거침없이 흘러 나왔습니다.

노무현 대통령님의 목소리가 귓가를 맴돌기 시작하더니, 마치 제 옆자리에 앉아서 말을 거는 듯했습니다. 큰소리로 목 놓아 울었습니다. 입을 막아도 소용이 없었습니다. 노무현 대통령님이 뒤돌아 손을 흔드는 것 같았습니다. 선명하게 보이더니 환영처럼 차츰 차츰 희미해져 가는 모습이 너무나 슬퍼서 어린아이처럼 엉엉 울 수밖에 없었습니다.

너무 많은 사람들에게 신세를 졌다고 하셨는데,

사실은 우리가 그분에게 너무 큰 신세를 졌습니다.

나로 말미암아 여러 사람이 받은 고통 너무 크다 하셨는데,

그분으로부터 우리가 받은 사랑이 너무나 컸습니다.

앞으로 받을 고통도 헤아릴 수 없다고 하셨는데,

우리가 앞으로 그분으로 인해서 느낄 행복이 클 것 같습니다.

여생도 짐이 될 수밖에 없다고 하셨는데,

그 짐 기꺼이 우리가 오늘 나누어질 것을 다짐합니다.

너무 슬퍼 말라 하셨는데,

죄송합니다. 오늘은 좀 슬퍼해야겠습니다.

사람과 죽음이 모두 자연의 한 조각 아니겠는가라고 말씀하

셨는데,

그래서 우리 가슴 속에 그분의 한 조각 퍼즐처럼 맞춰서 심

장이 뛸 때마다 그분을 잊지 않겠습니다.

미안해하지 말라 하셨는데,

오늘 죄송합니다. 오늘 좀 미안해하겠습니다. 지켜드리지 못

해서…….

'운명이다'라고 하셨는데,

이 운명만큼은 받아들이지 못하겠습니다.

다만, 앞으로 그분이 남기신 큰 짐들, 우리가 운명이라고 안

고 반드시 지켜나가겠습니다.

집 가까운 곳에 작은 비석 하나만 남기라 하셨는데,

오늘 우리 가슴 속에 영원토록 잊혀지지 않을 큰 비석 하나

잊지 않고 세우겠습니다.

'화장해라'라고 말씀하셨는데,

그 뜨거운 불이 아닌 우리 가슴속에서 나오는 마음의 뜨거운 열정으로 그분을 우리 가슴 속에 한 줌의

재가 아니라 영원토록 살아있는 열정으로 남기겠습니다.

여러분들 그렇게 해주실 거죠?

자 이제, 우리 바보 대통령

그러나 대한민국의 자랑스러웠던

그리고 앞으로 영원히 우리 마음속에서 자랑스러울

대한민국 제16대 대통령 노무현 대통령님을 맞이하겠습니다.

제16대 노무현 대통령 영결식 중 김재동 낭독

고마워요 미안해요 일어나요

– 고 노무현 전 대통령의 영전에 바침

뛰어내렸어요, 당신은 무거운 권위주의 의자에서
사람이 사람답게 사는 세상으로

뛰어내렸어요, 당신은 끝도 없는 지역주의 고압선 철탑에서
버티다가 눈물이 되어 버티다가

뛰어내렸어요, 당신은 편 가르고 삿대질하는 냉전주의 창끝에서
깃발로 펄럭이다 찢겨진, 그리하여 끝내 허공으로 남은 사람

고마워요, 노무현
아무런 호칭 없이 노무현이라고 불러도
우리가 바보라고 불러도 기꺼이 바보가 되어줘서 고마워요

아, 그러다가 거꾸로 달리는 미친 민주주의 기관차에서
당신은 뛰어내렸어요, 뛰어내려 으깨진 붉은 꽃잎이 되었어요
꽃잎을 두 손으로 받아주지 못해 미안해요
꽃잎을 두 팔뚝으로 받쳐주지 못해 미안해요
꽃잎을 두 가슴으로 안아주지 못해 미안해요
저 하이에나들이 밤낮으로 물어뜯은 게
한 장의 꽃잎이었다니요!

저 가증스런 낯짝의 거짓 앞에서 슬프다고 말하지 않을래요
저 뻔뻔한 주둥이의 위선 앞에서 억울하다고 땅을 치지 않
을래요
저 무자비한 권좌의 폭력의 주먹의 불의 앞에서 소리쳐 울
지 않을래요
아아, 부디 편히 가시라는 말, 지금은 하지 않을래요
당신한테 고맙고 미안해서 이 나라 오월의 초록은 저리 푸
르잖아요
아무도 당신을 미워하지 않잖아요
아무도 당신을 때리지 않잖아요
당신이 이겼어요, 당신이 마지막 승리자가 되었어요
살아남은 우리는 당신한테 졌어요, 애초부터 이길 수 없었어요

그러니 이제 일어나요, 당신

부서진 뼈를 붙이고 맞추어 당신이 일어나야

우리가 흐트러진 대열을 가다듬고 일어나요

끊어진 핏줄을 한 가닥씩 이어 당신이 일어나야

우리가 꾹꾹 눌러둔 분노를 붙잡고 일어나요

피멍든 살을 쓰다듬으며 당신이 일어나요

우리가 슬픔을 내던지고 두둥실 일어나요

당신이 일어나야 산하가 꿈틀거려요

당신이 일어나야 동해가 출렁거려요

당신이 일어나야 한반도가 일어나요

고마워요, 미안해요, 일어나요,

아아, 노무현 당신!

안도현, 「고마워요 미안해요 일어나요」 전문

(대한민국 제16대 대통령 노무현 추모시집 중에서)

노무현 대통령님의 장례에 관한 글을 쓰고 며칠 동안 마음이 무거웠습니다. 그날이 너무 생생하게 떠올라서요. 먹먹하고 허한 마음에 오랫동안 아무것도 하지 못했습니다……

사업가로 재미를 붙이다

노무현 대통령님의 장례를 마치고 다시 일상으로 돌아온 저의 귀에 이상한 소문이 들려왔습니다. 영결식 무대에 올라왔던 사람들을 뒷조사하고 있다는 이야기도 있었고, 일거수일투족을 지켜보고 있다는 소리도 들렸습니다. 몸을 사려야 한다는 말이 여기저기서 들려왔습니다. 소문의 실체나 진위를 확인할 수는 없었지만, 정치적으로나 사회적으로나 20년 이전으로 퇴보했다는 느낌이 들었습니다. 얼마 뒤부터 영결식 무대에 올랐던 사회자를 포함한 가수들을 TV에서 만날 수 없었으니까요.

일상으로 복귀한 저는 피폐해질 대로 피폐해진 몸과 마음을 추스르는데 최선을 다했습니다. 겨우 정신을 차리고 계획했던 일을 차근차근 진행해 갔습니다. 그런데 장례를 마친 뒤부터 온몸이 욱신대는 것이었습니다. 마음고생이 심했으니 감기나 몸살이 들었나보다 생각하고 대수롭지 않게 여겼습니다. 하지만 웬걸요. 하루 이틀이 지나자 뼈마디 하나하나가 다 아픈 것이었습니다. 발끝부터 손가락 끝까지 아프고 바람에 날리는 머리털마저 아픈 것 같았습니다. 당시 3층에 살고 있었는데 계단을 오르내리지 못할 지경이었으니까요.

병원에서는 특별한 증상을 찾지 못했습니다. 의사는 스트레스로 인한 근육통이라는 추측성 진단을 내렸고 저는 그대로 몸져누웠습니다. 뒤척이면 아팠고 움직이지 않아도 아팠습니다. 마디마디 전해오는 고통에 진통제를 먹는 것 말고는 아무것도 할 수가 없었습니다. 그때 몸져누워 있으면서 이런 결심을 했습니다. 더는 서울에 살지 말자고.

한때 저는 인제에서 살려고 했습니다. 나중에 나이가 들거나 귀촌을 하게 된다면 고향 진안이 아닌 강원도 인제에서 살고 싶었죠. 인제의 산과 자작나무 숲과 풍경들이 진안 촌놈을 반하게 만들었거든요. 그곳에서 심마니를 하는 형을 알고 있었는데, 그 형한테 약초를 배워 곳곳에 약초 씨를 뿌리고 산과 나무를 벗 삼아 살고 싶었죠. 세상 모든 걸 홀홀 털어버린 채 자연과 하나가 되어 살아가고 싶었죠.

그렇게 며칠을 앓았습니다. 끔찍했던 고통은 어느 정도 시간이 지나자 마치 갈 때가 되었다고 인사라도 하듯 서서히 사라졌습니다. 서둘러 몸을 추스르고 인제가 아닌 고향 진안으로 귀향 준비를 했습니다. 서울을 떠나자고 마음먹었으니 미련도 남아있지 않았습니다. 정리는 일사천리였습니다. 버릴 건 죄다 버렸고 쓸 만한 것 중에서도 꼭 필요한 것만 골랐습니다. 우리 가족만 있다면 충분하다는 마음이었죠. 그렇게 서둘러 고향으로 향했습니다.

그런데 왜 인제가 아니라 진안으로 향했냐고요? 이유는 단순합니다. 이상과 현실에서의 번뇌는 대부분 현실이 승리하는 법이죠. 진안에는 이미 터전이 있었고 인제는 새로운 터전을 만들어야 했으니까요.

2009년 6월 9일, 진안으로 내려왔습니다. 가지고 온 물건이 많지 않다 보니 정리할 것도 별로 없었습니다. 후딱 짐을 정리하고 바로 사업을 위한 준비에 들어갔습니다. 진안에서 생산하는 인삼과 홍삼을 판매하는 인터넷 쇼핑몰이었죠. 내려간 다음 날 바로 사업자등록증을 내고 후배 사무실에 책상 하나를 들여놓았습니다. 그리고 컴퓨터 한 대만으로 무작정 사업을 시작했죠. 서울에서 인터넷 쇼핑몰을 운영했던 노하우를 바탕으로 진안 인삼과 홍삼의 특색을 살린 쇼핑몰을 꾸몄습니다. 그리고 진안 최고의 홍삼과 인삼 판매처를 확보하기 위해 발로 뛰었습니다. 고향이다 보니 주위 분들의 도움도 많이 받았습니다.

서울이 아닌 고향으로 돌아오니 낯익은 게 많아서 너무나 편했습니다. 이질적이고 조급하고 쳇바퀴 돌 듯 쫓기는 생활이 아니라, 익숙하고 포근하고 여유로운 생활이었죠. 곳곳에서 제 어린 시절을 만날 수도 있었습니다. 터미널을 지나면 까까머리를 한 제가 대합실에 앉아 있는 것 같았고, 읍내를 지날 때엔 코 흘리는 제가 뛰어다니는 것 같았습니다. 비로소 제 몸에 딱 맞는 옷을 입고 있다는 생각이 들었습니다. 촌놈에게는 역시 고향이 제격이었죠.

사업이 성과를 내는 데는 많은 시간이 걸리지 않았습니다. 한 달도 지나지 않아서 계약하자는 곳이 생겨났고 진안군에서도 많은 도움과 지원을 아끼지 않았습니다. 진안이 홍삼한방특구로 지정된 데다가 고향으로 돌아온 젊은이가 진안의 특산물로 사업을 하겠다니 이런저런 혜택이 많았던 거죠. 사무실도 진안군의 도움으로 진안홍삼스파에 차리게 되었고 오프라인 매장과 인터넷 쇼핑몰도 진안군의 도움을 받아 일사천리로 오픈했습니다. 이런저런 도움으로 인해 순풍에 돛단 것처럼 사업은 궤도에 올랐고 저는 더욱 적극적으로 열심히 뛰기 시작했습니다.

사업에 재미가 붙기 시작하자 더 열정적으로 사업에 매진하게 되는 건 당연한 일이 아닌가요? 그러다 보니 사업의 발전 속도도 예상보다 빨랐고, 먹고 사는 데 지장이 없는 수준까지 도달했습니다. '공부에 재미를 붙이면 쉬워진다.'는 말이 있죠. 사업에 재미가 있으니까 모든 일이 다 순탄했다고 할까요?

한창 사업에 재미를 붙이고 있을 때 문성근 대표가 저를 찾아 왔습니다. 2010년부터 2011년까지 네 번이나 찾아왔죠. 당시 야권은 지지부진했고 몇 개의 정당으로 갈라져 서로가 서로에 게 총부리를 겨누는 상황이었죠. 국민의 눈에도 답이 없는 상황 이었으니, 문성근 대표가 '100만 송이 국민의 명령'을 함께 하자 며 찾아온 것이었습니다. '100만 송이 국민의 명령'은 몇 갈래로 나뉜 민주 진보 진영을 하나의 정당을 묶으려는 국민운동이었습 니다. 하지만 사업이 이제 막 자리를 잡고 궤도에 오른 상태였던 저는 정중하게 거절을 했습니다. 그러면서도 문성근 대표에게는 미안한 마음이 가득했습니다. 당시 문성근 대표는 비가 오나 눈 이 오나 전국을 누비며 야권 통합운동 서명을 받으러 다니고 있 었거든요. 그런 문성근 대표의 제의에 거절한 것은 저에게 마음 의 빚으로 남았습니다.

결국 그 마음의 빚으로 인해 잘나가던 사업을 2011년 6월에 접었습니다. 사업가의 길은 제 몸에 맞지 않는 옷이었던 모양입 니다. 그리하여 사업가 이중선에서 다시 상추 이중선으로 돌아 오게 되었죠.

노무현재단 전북위원회를 만들다

　문성근 대표가 '100만 송이 국민의 명령' 서명운동을 위해 전북에 방문하신다는 소식을 들었습니다. 전북에 오신다니 당연히 얼굴을 비추러 갔죠. 어떤 이는 저를 보고 반가워했지만 어떤 이는 평소엔 얼굴 안 비치다가 문성근 대표가 온다니 나타났다고 은근히 시기를 했습니다. 문성근 대표와 저와의 관계를 잘 모르니까 그런 말이 나온 거겠죠. 여하튼 그날 문성근 대표와 단 둘이 많은 이야기를 나누었습니다. 그 자리에서 문성근 대표는 야권통합 운동인 '100만 송이 국민의 명령'을 함께 하자고 다시 제의했습니다. 몇 번이나 정중히 거절했는데도 문성근 대표는 여전히 저에게 손을 맞잡자고 하시는 것이었습니다. 그래서 저는 어쩔 수 없이 이렇게 말했습니다.

　"문짝님, 저는 야권통합 운동은 재미없어서 못하겠습니다. 100만 송이 국민의 명령은 정말 못하겠어요. 대신 노무현재단을 하겠습니다. 제가 노무현재단을 할게요."

그러자 문성근 대표는 한동안 아무 말이 없더니 한참 만에 그러라고 하면서 그 자리에서 노무현재단 사무처장을 맡은 분과 저를 연결시켜주시더군요.

집에 돌아와 잠자리에 들었는데 덜컥 겁이 나더군요. 예전 노사모가 옳다고 믿은 정치인에게 힘을 실어주기 위해 만든 거였다면, 노무현재단은 고인이 되신 노무현 대통령님을 추모하는 재단이었기에 마음이 무거웠습니다. 만약 조금이라도 어설프게 운영을 한다면 노무현 대통령님께 누가 될 뿐만 아니라, 그분을 기억하는 분들에게 손가락질 받기 십상이었으니까요.

고민에 고민을 거듭하다 노사모 시절부터 함께 했던 정동철 시인에게 상의를 했습니다.

"형, 대통령님의 뜻을 기리기 위해 우리가 전북지역에 대통령님을 추모하는 재단을 하나 만들어야 하지 않겠어요?"

"상추야, 하지 말자. 대통령님 돌아가시고 우리가 정신적으로 얼마나 힘들었냐? 그런데 노무현재단을 만들자고? 재단 만들면 너 노무현 대통령님 생각에 힘들지 않을 자신 있어? 그 자신이 있으면 만들어도 돼."

정동철 시인의 말이 맞았습니다. 노무현 대통령님을 그리워하지 않을 자신이 없었으니까요. 노무현재단을 만들면 그만큼 노짱님이 더 그리워질 테니까요. 하지만 그래서 더 만들어야만 했습니다. 그분의 유지를 받들고 그분의 정치적 신념과 방향이 우리네 정치에 더 뿌리내려야만 하니까요. 지지부진하고 지리멸렬한 민주 진보 진영에 경종을 울려야 되니까요.

정동철 시인은 제가 무엇을 하자고 하면 반대를 하든 찬성을 하든 일단 결정이 나면 저를 도와주는 고마운 선배입니다. 결국 정동철 시인과 저는 노무현재단을 만들기 위해 서울로 향하게 되었습니다. 서울로 가는 길에 제가 이렇게 말했죠.

"형, 딱 10년이네요. 2001년에는 노짱님 대통령 만들겠다고 서울로 갔는데 2011년에는 추모하는 재단을 만들러 가네요."

그 말을 하고 울음이 터졌습니다. 정동철 시인과 부둥켜안고 한참을 꺽꺽 울었습니다. 서울로 향하는 경부고속도로가 왜 그렇게 긴지 한없이 슬프고 슬펐습니다.

정동철 시인은 동료 교수이자 유명 시인인 안도현 시인을 제게 소개해주었습니다. 안도현 시인은 제 대학교 선배이자 대학 문학동아리 1기 선배님이었으니 저야 잘 알고 있었지만 정식 인사는 그날 처음 드렸습니다. 우리 전라북도 지역에서 평판 좋기로 소문난 안도현 시인이 합류하자 일사천리로 일이 진행되었습

ㄴ무현재단 전북지역위원회를 준비하던 분들과 찾은 봉화마을

니다. 안도현 시인이 노무현재단 전북위원회 준비위원장을 맡아주셨고 다양한 분들이 참여해서 300여 명이나 뜻을 함께해주셨습니다.

2011년 11월 2일, 노무현재단 전북위원회 발족식을 개최했습니다. 노무현재단 이사장을 맡고 계셨던 문재인 이사장님도 발족식에 참여했습니다. 당시 문재인 이사장님의 전북 방문은 언론의 관심을 끌었습니다. 암묵적인 대선후보로 거론이 되었기에 문재인 이사장님의 일거수일투족을 모든 언론이 주목했으니까요. 많은 분들이 참석한 가운데 노무현재단 전북위원회가 출범했습니다. 성경의 구절처럼 시작은 미약했지만, 노무현재단 전북위원회는 커다란 꿈을 꾸기 시작했습니다.

그걸 왜 저에게 물어보십니까?

　노무현재단 전북위원회를 만들기 위해 고속버스를 타고 서울로 가는 길에 노무현 대통령님이 그리워 펑펑 울었던 저와 정동철 시인은 눈이 팅팅 부은 채로 재단 사무실에 도착했습니다. 노무현재단 전북위원회의 출범을 공식적으로 알리고 향후 일정과 방향성에 대해 많은 이야기를 나누는 자리에는 당시 노무현재단 이사장을 맡고 계셨던 문재인 대통령님과 문성근 대표를 비롯하여 재단 관계자분들이 함께 계셨죠. 재단과 관련된 이야기가 끝나고 재단 앞 도로에서 이런저런 이야기를 나누는 시간이었습니다. 저도 모르게 발길이 문재인 이사장님에게로 향했습니다. 그리고는 평소에 생각하고 있던 이야기가 툭 튀어나오는 게 아니겠습니까?

　"문재인 이사장님, 이사장님께서는 역사의 흐름을 잘 아실 거라고 생각합니다. 역사의 흐름에 따라 대통령 후보로 나오셔야죠."

당시 많은 사람들이 문재인 이사장님이 대선에 나서야 한다고 생각하고 있었지만, 문재인 이사장님은 신중에 신중을 더하는 모습이었습니다. 어떤 이는 버틴다고 표현했지만, 저는 문재인 이사장님만 한 분이 없다고 진작부터 생각하고 있었기에 불쑥 그런 말이 나온 것이었죠.

제 말에 문재인 이사장님은 이렇게 반문하셨습니다.

"상추님, 역사의 흐름이 어떤 것입니까?"

문재인 이사장님의 말이 떨어지기가 무섭게 제 입에서는 이런 말이 튀어 나오더군요.

"아니, 그걸 왜 저에게 물어보십니까? 이사장님이 더 잘 아시지 않습니까?"

지켜본 누군가는 건방지다고 느꼈을 수도 있겠죠. 지금 생각해 보면 제가 더 신중했어야 했습니다. 얼마나 많은 이들이 저와 같은 이야기를 했을까요? 방송에서조차 그런 이야기들로 도배가 될 때였으니 그분의 마음은 더 큰 내홍을 겪고 있었을 텐데 말이죠.

그런데 당시 문재인 이사장님께서는 특유의 웃음으로 호방하게 "껄껄껄." 웃고는 마셨죠.

그 이후 문재인 이사장님께서 전북에 오시면 늘 제가 수행을 했습니다. 한번은 전주에 오셨을 때 한벽당 옆 오모가리탕 집으로 모셨습니다. 가보신 분들은 아시겠지만 오모가리탕 집은 오래된 맛집이잖아요. 그래서 시설은 좀 낡고 좁지만 맛은 최고잖아요. 오모가리탕이라는 이름도 특이하고요. 그런데 모르시는 분들은 '오모가리는 일본말 아니야?'라고 생각하실 수도 있겠죠. 저도 처음에는 그런 줄 알았으니까요. 오모가리는 뚝배기의 전라북도 사투리입니다. 뚝배기인 오모가리에 매운탕을 담아서 낸다고 해서 오모가리탕이라 불립니다.

그날 반주를 곁들이며 오모가리에 관한 이야기도 하면서 아주 맛있게 먹었습니다. 후식으로 나오는 깜밥도 참 좋아하셨습니다. 그 뒤부터 저를 만나면 그때 먹은 오모가리탕 이야기를 꼭 하셨죠. 오모가리탕 잘 있냐고 안부를 물으면서 말이죠.

제가 청와대 행정관이 되어 처음 청와대에 들어갔을 때 문재인 대통령님께서는 남북 정상회담을 위해 북한에 가 계셨습니다. 청와대 근무를 시작한지 3일째 되던 날, 문재인 대통령님께서 청와대로 돌아오셨습니다. 남북회담 성과도 좋았으니 행정관들 모두가 대통령님을 박수로 맞이했습니다. 한 명 한 명 일일이 악수를 하시면서 인사를 나누었는데 제 순서가 되었습니다. 청와대에서 행정관으로는 처음 뵙는 것이니 제 직속상관 아니겠어요? 나름 긴장해서 혹시 저를 잊으셨을까 봐, "대통령님, 저 전북의 상추입니다."라고 했습니다. 그러자 문 대통령님께서 이렇게 말씀하시는 게 아니겠어요.

"상추님, 언제 오셨습니까? 이제 청와대에 오셨으니 고생길이 훤하시겠네요. 잘 부탁드립니다. 참, 언제 전주에 가게 되면 또 오모가리탕 드시러 같이 가시죠." 그 말에 저는 씩씩하게 대답했죠. "언제든 제가 앞장서서 모시고 가겠습니다."

문재인 대통령님은 품이 참 넉넉하십니다. 국민과의 대화 같은 걸 할 때면 막힘없이 대답하시는 모습을 볼 수 있죠? 대통령님께서는 그만큼 해박하신데, 모르는 게 있으면 꼭 담당 행정관에게 묻고 공부하는 모습을 자주 보이십니다. 설사 담당 행정관이 대답을 잘 못하더라도 같이 공부하면서 해결 방법을 찾자고 말씀하시죠. 그러니 청와대 행정관들도 꾸준히 공부하고 직접 발로 뛰며 문제를 파악하려고 애를 씁니다. 대통령과 하나가 되어 움직이는 청와대인 거죠.

"아니, 그걸 왜 저에게 물어보십니까? 이사장님이 더 잘 아시지 않습니까?"

역사의 흐름이 무어냐는 문재인 대통령님의 물음에 저는 이렇게 대답했었죠. 지금 와서 생각해 보니 더 명쾌하고 재치 있는 답변을 했더라면 하는 아쉬움이 문득 머리를 스치고 지나가네요.

와대 행정관 시절 문재인 대통령님과 함께

부끄럽지 않게 살겠습니다

패기만만했던 스물 일고여덟 즈음에 저는 노사모를 만났습니다. 노사모 활동을 하면서 광주 전남을 중심으로 호남 노사모는 거리상으로도 멀게 느껴졌습니다. 그래서 겁도 없이 전북 노사모로 독립하자고 제의했는데 다들 기다렸다는 듯이 호응해주었습니다.

노사모는 수직적인 상하관계가 아닌 수평적인 평등관계였죠. 난생 처음 접한 그런 평등한 관계에 매료되어 점점 노사모에 빠져들었고 적극적으로 대선 운동까지 뛰어들게 되었습니다.

노무현재단 전북위원회는 문성근 대표의 끈질긴 야권통합 운동 참여 제안에 대한 부채의식으로 인해 만들어졌다고 해도 과언이 아닙니다. 전북 노사모가 제 주도로 만들어졌다면 노무현재단 전북위원회는 지역 인사들의 적극적인 지지와 참여로 설립되었습니다. 20대의 패기가 전북 노사모를 만들었다면 지역 분들과의 융화와 단합과 협력이 노무현재단 전북위원회를 만든 거죠.

　정동철 시인은 전북 노사모를 만들 때부터 함께 해온 선배입니다. 늘 제 곁에서 지지와 성원을 보내고 도움을 아끼지 않으셨죠. 어려울 때마다 저에게 징검다리를 놓아준 동지이자 형이자 스승의 역할을 해준 분입니다. 그런데 전북 노사모를 만드는 과정에서 조금은 웃픈(요즘 젊은이들은 '웃기면서 슬픈 상황'을 웃픈이라고 한다죠.) 이야기가 있습니다. 한창 전북 노사모를 만드느라 동분서주하고 있는데 정동철 시인이 연락 안 되는 겁니다. 핸드폰은 아예 먹통이고 도무지 연락할 방법이 없는 겁니다. 나중에 알고 보니 정동철 시인은 영국으로 교환교수를 갔다고 하더군요. 늘 제 곁에서 도움을 주던 형이었는데 이야기도 없이 떠났다는 사실에 화도 나고 걱정도 되고 그러더군요.

　노무현 대통령님을 추모하는 노무현재단 전북위원회를 만들면서 정동철 시인은 무척 힘들어했습니다. 수시로 노무현 대통령님이 떠올랐기 때문이었죠. 상실, 고통, 그리움, 분노…… 그 모든 감정들이 저와 정동철 시인을 수시로 엄습했으니까요. 그럼에도 불구하고 발 벗고 나서서 참 많은 일을 해주었습니다. 안도현 시인과 함께 다양한 지역 인사들을 만나 참여를 독려하고 설립에 관한 제도와 행정적 일까지 수고스러움을 마다하지 않고 묵묵히 해주셨죠.

상추는 속에서 새로이 돋는 잎이 곱습니다. 그래서 겉잎보다는 새잎으로 손이 가게 되죠. 그런데 상추를 따는 데는 원칙이 있습니다. 억센 겉잎부터 따줘야 싱싱한 새잎을 볼 수 있답니다. 그 순서대로 따다 보면 상추 잎을 딴 자리에 턱이 생기고 그 턱으로 인해 발 디딜 만큼의 자리가 생기죠. 간절할 때는 작은 품도 큰 힘이 되어주는 것처럼, 지금까지 저와 함께 해온 분들 모두가 제게 사다리가 되어주었습니다. 겉으로 난 잎을 떼어먹다 보면 긴 대궁이 생깁니다. '고갱이'라고 하죠. 상추만큼이나 고운 어감인 고갱이. 저의 고갱이는 저를 지탱해주신 많은 분들입니다. 노무현 대통령님과 문재인 대통령님을 비롯하여 제 곁에서 묵묵히 지켜봐 주고 도와주셨던 여러분들 모두가 저의 고갱이입니다.

저를 믿어주신 분들과 기꺼이 노무현재단 전북위원회에 참여해주신 모든 분들께 미안하고 고마운 마음이 가득합니다. 20대의 패기로 전북 노사모를 만들었던 상추가 노무현 대통령님을 뜻을 기리는 노무현재단 전북지역위원회 사무처장을 거쳐 이제 새로운 길을 가고자 합니다.

노무현 대통령님은 생전에 '노무현은 죽어도 노사모는 살아있다.'는 말씀을 하셨습니다. 한 사람이 아니라 여러 사람의 염원으로 모은 이상과 이념은 영원할 거라는 의미입니다. 노무현 대통령님의 정치철학을 바탕으로 옳은 정치, 시민을 위한 정치를 원하는 사람들은 계속 이어진다는 뜻이겠죠. 노무현 대통령님의 그런 뜻을 받들기 위해 만들어진 노무현재단 전북위원회에는 정말 많은 분들이 함께해주셨습니다. 그분들과 함께 뜻을 모아 시민의 옳은 목소리를 한데 모으고 더 나은 세상을 바라보는 일. 당연한 말을 지킨다는 건 참 어렵습니다. 노무현 대통령님처럼 꿋꿋이, 그리고 열심히 나아가겠습니다.

노무현 대통령님이 퇴임한 후 "아, 좋다."라는 말씀을 하셨을 때 저는 참 고마웠고 흐뭇했습니다. 먼 훗날 저도 그분처럼 '열심히 했습니다. 열심히 살았습니다. 저를 도와준 사람들을 부끄럽지 않게 해서 다행입니다.'라고 말할 수 있기를 바랍니다. 노력한 오늘, 더 부지런히 뛴 오늘이 나를 키우고, 그 노력하는 시간 속에서 저를 도와주고 염려해주신 분들을 잊지 않겠습니다. 내 편인 그들을 위해서, 내 편이 될 그들을 위해서, 그리고 내 편이 아닌 그들을 위해서 더 열심히 뛰겠습니다.

시민과 하나가 되는 길

노무현재단 전북위원회가 출범한 뒤 문성근 대표가 연락을 해왔습니다. 서울로 올라와서 자신의 수행실장을 맡아달라고 하시더군요. 이번에는 거절할 수가 없었습니다. 2011년 12월, 민주당과 문재인 노무현재단 이사장, 문성근 대표, 창조한국당, 그리고 국민참여당 탈당파 등을 중심으로 야권을 통합하여 민주통합당이 출범했는데, 문성근 대표가 당 대표 경선에 참여를 선언한 것이었습니다.

서울로 와서 다시 문성근 대표를 보필하게 된 저는 정신없이 바빠졌습니다. 최선을 다해 대의원들과 당원들에게 다가갔습니다. 당원들 눈높이에 맞춰 변화를 이야기했고 개혁을 이야기했으며 나아갈 방향성을 이야기했습니다.

2012년 1월 15일에 실시한 대의원대회에서 한명숙 전 국무총리가 당 대표로 선출되었고, 문성근 대표는 박영선, 김부겸, 박지원 등 쟁쟁한 정치인들을 제치고 당당히 2위로 최고위원에 선출되었습니다.

　문성근 대표가 민주통합당 최고위원으로 선출되던 날, 저는 전주로 내려오기 위해 조용히 짐을 쌌습니다. 이제 제 역할은 다 했다고 판단한 거죠. 지역감정이 시퍼렇게 살아있는 그때 부산에서 출마하려는 문성근 최고위원에게 전라도 사투리를 쓰는 저는 도움이 되지 않을 거라고 생각했습니다. 가슴 아픈 현실이었죠.

　저는 '정치는 현실이다.'라고 믿는 사람입니다. 개혁과 변화 역시 현실적이어야 하죠. 이상적인 개혁과 변화는 이념의 충돌 앞에서 자유로울 수 없기 때문이죠. 반대로 문성근 최고위원은 이상주의자였습니다. 물론 나쁜 의미는 아닙니다. 이상적인 모습이야말로 최종적인 목표여야 하니까요. 저는 문성근 대표께 서울에서 출마해야 하는 당위성을 말씀드렸고, 문성근 최고위원께서는 노무현 대통령님이 출마했던 지역구에서 출마해야 하는 당위성을 저에게 피력하셨습니다.

　부산에서의 유세에는 제가 도움이 안 되고 오히려 짐이 될 거라고 판단했습니다. 부산이라는 지역을 몰랐고 부산의 현안도 몰랐습니다. 부산을 잘 아는 분이 수행실장을 해야 더 유기적으로 움직이고 성공적인 선거운동을 할 수 있다고 생각했습니다.

노무현재단에 들러 인사를 한 뒤 차를 몰고 전주로 돌아왔습니다. 전주에 왔지만 하루도 쉴 수가 없었습니다. 4월에 있을 총선과 12월 대선에 대비하려면 부지런히 움직여야 했습니다. 그 과정에서 안도현 시인이 민주통합당 비례대표 공천 심사위원이 되어 실무적인 뒷받침을 해야 했고, 한편으로는 전라북도 대선 경선을 준비해야 했습니다.

이명박 정부의 '정권 심판론'이 들끓자 당시 한나라당은 박근혜 전 대표를 앞세워 당명을 한나라당에서 새누리당으로 변경했습니다. 또한 '경제 민주화'라는 좌클릭 행보를 보이며 변화를 꾀했습니다. 물론 허울 좋은 말장난뿐이었지만 언론은 반색하며 대대적으로 나팔수 노릇을 했죠. 그러자 국민의 눈에는 긍정적인 모습으로 비쳤습니다. 보수가 드디어 변화하기 시작했다고 말이죠.

총선 정국이 다가오자 민주통합당은 서울과 부산 경남에 총력을 기울였습니다. 문재인 이사장님은 부산 사상구에 출마를 하고, 문성근 대표는 노무현 대통령님께서 출마했던 부산 북구·강서을에 출마를 했습니다. 정권 심판론과 민주통합당의 대대적인 공세에 힘입어 엎치락뒤치락하는 상황이 펼쳐졌습니다.

2012년 4월 12일의 선거 결과, 새누리당이 과반을 차지하며 승리의 나팔을 불었습니다. 그로 인해 박근혜 체제는 더욱 견고해질 수밖에 없었고 대선 행보에도 파란불이 켜졌습니다. 반면 야당의 부산 경남 총력전은 뼈아픈 패배로 돌아왔습니다. 문재인 이사장님은 국회의원이 되셨지만 문성근 최고위원은 45%가 넘는 득표율에도 불구하고 새누리당 후보에게 밀려 패하고 말았습니다. 새누리당의 텃밭이었다는 걸 감안하면 놀라울 득표율이었지만 선거는 득표율이 아니라 오직 승리만으로 모든 걸 판단할 뿐이었습니다. 야권을 통합한 민주통합당이었지만 그로 인한 당 내분이 발목을 잡은 결과였습니다. 서로 다른 세력들이 하나로 합쳐지는 과정에서 여러 잡음과 보이지 않는 갈등이 존재했고, 이러한 점은 새누리당과 언론의 좋은 표적이 되었죠.

이명박 정부의 심판론에만 기댄 측면도 있었습니다. 간곡하게 승리를 염원했지만 결과는 쓰라린 패배였습니다. 당 대표였던 한명숙 전 국무총리는 선거 패배를 책임지고 물러났고 문성근 최고위원이 잠깐이지만 당 대표 대행을 맡았죠.

2012년 총선의 패배는 뼈아팠습니다. 저는 선거의 중심에는 서지 않고 전북 도내에서 선거 도우미 역할을 했지만, 패배는 시리도록 아팠습니다. 하지만 아파할 겨를이 없었습니다. 대선이라는 더 큰 전쟁이 다가오고 있었으니까요. 총선이라는 격전을 지켜보면서 깨달은 게 많았습니다. 우리 편 내 편을 따지기보다, 무엇을 목표로 어떻게 해야 하는지를 몸소 체험했습니다. 보다 본질적인 것, 보다 유권자의 눈높이에 맞아야 한다는 것, 보다 더 많은 시민들의 목소리를 들어야 한다는 것, 저 스스로 시민이 되어 그들과 하나가 되어야 한다는 걸 절감하는 소중한 기회였습니다.

5부

어떻게 해야
얻을 수 있을까?

진심이 거짓과 위선에게 패하다

2012년 당시 민주통합당 당규에는 대선 180일 전까지 후보 경선을 치르도록 규정되어 있었습니다. 당규대로라면 2012년 6월 22일까지 후보가 결정되었어야 했죠. 하지만 당 지도부는 후보 선출 과정의 흥행을 고려해서 런던 올림픽 기간을 피해 경선을 열기로 결정했습니다. 런던 올림픽은 우리나라 축구가 동메달을 땄던 올림픽이었죠.

새누리당은 일찌감치 경선을 끝내고 박근혜를 대선 후보로 삼아서 민주통합당 경선 기간에 이미 홍보를 하고 있었습니다. 대선의 시작점부터 기울어진 운동장이 된 거였죠. 언론에는 일정을 소화하는 박근혜 후보가 연일 보도되고 있었는데, 민주당은 아직 경선을 치르는 중이라 대선 후보조차 결정하지 못하고 있었죠. 흥행을 위해 경선을 연기한 게 자충수가 되어버린 것입니다.

대선 경선 당시 저는 문재인 캠프 전라북도 실무 책임자로 있었습니다. 전북의 14개 시군에 조직책임자를 둘 수 없을 만큼 모든 게 열악하고 부족한 상황이었죠. 그래도 우리는 전진해야 했습니다. 하루에 전화 통화만 100통 넘게 했습니다. 통화를 하고 나면 부재중 전화가 찍혀 있고, 다시 통화를 하고 나면 또다시 부재중 전화가 찍혀 있었습니다. 몸이 열 개라도 부족하다는 표현이 딱 맞았죠.

민심이 얼마나 위대한 것인지 이때 깨달았습니다. 우리는 조직도 자금도 없었지만 민심이 있었습니다. 다른 후보가 모집한 선거인단에 속한 분들도 문재인 후보를 선택했습니다. 말로 다 표현할 수 없을 만큼 힘든 상황이었지만 전라북도 경선에서 문재인 후보는 1등을 했습니다. 예상을 뒤엎고 전라북도에서 1위를 하자 문재인 대세론이 일어나기 시작했습니다. 하지만 대선 후보 선출까지 아직 난관이 있었지요. 50% 이상의 표를 확보해야만 했으니까요.

당시 민주통합당은 경선에서 50% 이상 득표자가 없으면 1~2위 간의 결선투표를 해야 했습니다. 제가 속한 문재인 캠프에서는 결선투표를 반대했었습니다. 그렇잖아도 경선이 늘어져서 여당에 비해 불리한데 결선투표를 하면 그만큼 더 늦어지기 때문이었죠. 후보를 빨리 선출해서 본격적으로 대선에 대비하는 게 당을 위해서도 좋다고 여겼으니까요. 하지만 2위 그룹이었던 손학규 캠프와 김두관 캠프 측 요구가 받아들여져서 결선투표는 진행하기로 했습니다. 결국 56%대의 득표율로 과반 득표를 한 문재인 후보가 2012년 9월 16일 민주당 대선후보로 확정되었습니다.

곧바로 선대위가 구성되었고 저는 문재인 시민캠프 전북 종합상황실장을 맡았습니다. 지역의 이해와 요구를 서울 선대위로 전달하는 한편, 거리로 나가 투표 독려 운동을 열심히 했습니다. 전주 시내를 여러 권역으로 나눠 자원봉사자들이 따로따로 움직였습니다.

그러나 갖은 노력에도 불구하고 총선에 이어 대선도 지고 말았습니다. 총선과 대선에 연이어 패하자 참으로 고통스러웠습니다. 문성근 대표의 수행실장으로 시작한 2012년 한 해 동안 저의 전화기는 이른 아침부터 밤늦게까지 쉬지 않고 울려댔습니다. 정치인들에게 핸드폰은 생명줄과도 같은 최일선의 도구였으니까요. 그런데 대선에 패한 날부터 제 전화기는 침묵에 잠겼습니다. 수없이 걸려오던 청탁전화와 끊임없이 이어지던 회의와 만남이 거짓말처럼 뚝 끊기고 말더군요. 잘못 걸려온 전화나 광고 전화마저도 없었습니다. 하도 전화가 오지 않아서 한번은 아내에게 "여보, 아무래도 내 전화기가 고장 난 것 같아. 당신이 전화 한 번 해봐."라고 했다니까요. 그런데 아내가 건 전화는 쏜살같이 울려대더군요.

2012년 대선을 치르면서 정말 많은 걸 깨달았습니다. 수백 수천 권의 책을 읽어야 배울 수 있는 진실을 알게 되었죠. 패배 앞에서는 모든 게 허망하고 모든 이들이 등을 돌리는 현실. 우리가 아니면 안 될 것처럼 대해주던 그 많은 사람들이 일순간에 등을 돌려버렸죠. 그 이후 저는 모든 모임을 정리했습니다. 다 부질없는 허상이라 생각했고 가식과 위선, 힘의 논리로 움직이는 것들이라 여겼으니까요.

저는 많은 고민을 했습니다. 우리 민주 진보 진영이 무엇을 잘못한 걸까? 뭐가 부족했을까? 무엇을 어떻게 해야 다시 국민의 신임을 얻을 수 있을까? 이런 고민들이었죠. 그런데 시간이 갈수록 저의 고민은 분노로 바뀌었고 간절함은 울분으로 바뀌었습니다. 국정원, 검찰, 경찰이 한통속이 되어 댓글을 달고 조작을 하다니…… 중립을 지켜야 할 국가기관이 정권의 도구가 되어 선거에 개입하다니……. 그런 믿지 못할 일들이 연이어 목격하면서 저는 술을 입에 달고 살았습니다. 저의 신념과 이상이 위정자들의 놀음에 놀아났다는 걸 알게 되었으니까요. 대한민국은 진심이 아니라 거짓과 위선만이 통하는 사회라고 느껴졌으니까요. 환멸 아닌 환멸, 저주 아닌 저주…… 2012년의 정치판에는 이런 것들이 흔했습니다.

그래서 저는 깊은 절망에 잠기고 말았습니다.

바둑판 위에서 아이들과 놀기

　총선과 대선 패배한 후 저는 원래의 자리로 돌아왔습니다. 총선과 대선을 치르느라 근 3년간 밥벌이를 하지 못했으니 가족을 위해 최선을 다해야 했습니다. 아내는 연애할 때부터 지금까지 돈과 관련해서는 단 한 번도 어떤 내색을 하지 않습니다. 제가 하는 일을 묵묵히 지켜봐 줄 뿐이었죠. 예전에 집 앞을 산책하면서 넌지시 물은 적이 있습니다. 가정에 소홀한 내가 밉지 않냐고. 아내는 빙긋이 웃기만 하더군요. 제 아내는 예전이나 지금이나 저의 가장 든든한 아군입니다.

　사람이 사람을 좋아하면 선할 수밖에 없다고 믿습니다. 좋아하는 사람, 사랑하는 사람을 위해 사소한 것부터 큰 것까지 거짓으로 대하지는 못할 테니까요. 누구나 그렇듯 저 역시 그렇습니다. 진심을 가지고 아끼는 사람들을 위해 최선을 다해야 합니다.

가족들 건사도 중요했고 자리를 잡은 노무현재단 전북위원회도 중요했습니다. 그런데 재단 사무처장으로 일하며 받는 월급으로는 혼자 생활하기도 벅찼습니다. 이 문제를 해결하려면 제가 취직을 해야 하고, 제가 취직을 하려면 사무처장을 누군가 맡아야 했습니다. 그런데 누가 일은 많고 월급은 적은 사무처장을 맡으려고 하겠어요?

온갖 궁리를 했죠. 조그마하게 커피숍을 차려서 한쪽 구석은 재단 사무실로 쓰고 커피도 팔면 어떨까? 강연 등의 사업을 해서 수익구조를 만들면 어떨까? 일정한 수익이 확보되어야 안정적으로 사무처장의 급여를 마련할 수 있을 테니 이런저런 궁리를 해본 거죠.

적당한 커피숍이나 점포를 물색하기 위해 자주 인터넷을 들여다봤습니다. 커피숍 매물을 보면서 비싸다는 탄식도 하고 위치가 안 좋다는 탓도 했죠. 그러다 우연히 바둑강사를 모집한다는 광고가 눈에 띄는 게 아니겠어요? 제가 바둑을 워낙 좋아하다 보니 그 광고가 유난히 크게 보이더군요. 앞뒤 잴 것도 없었습니다. 재단 행사가 없을 때는 시간 여유가 있으니 그 시간을 통해 투잡을 해보자 싶었죠.

바둑학원 강사 면접을 보는데 제 체질상 거짓말을 하거나 숨길 수가 없었습니다. 현재 노무현재단 전북위원회의 사무처장을 맡고 있다. 한 달에 한두 번은 서울에 다녀와야 하고 재단 행사가 있으면 한두 시간 일찍 가야 할 때도 있다. 그런 일이 있다면 미리 양해를 구하겠다. 대신 강사로 있는 동안은 성심성의를 다해 일하겠다. 그렇게 저의 상황을 솔직하게 털어놓았죠.

저의 진심이 통했는지 바둑학원 일을 시작하게 되었습니다. 학원에서 아르바이트했던 경력이 바둑학원에서 빛을 발했죠. 아이들 입장에서 바라보고 배려한 덕분이었죠. 저를 채용한 원장님과도 형, 동생 하며 격의 없이 속내를 털어놓는 사이가 되었고요. 그렇게 친해지다 보니 서로 푸념도 하고 신세 한탄도 했습니다.

"형, 몸과 마음이 지칠 대로 지쳐서 조용히 살고 싶어요."

이런 말을 종종 늘어놓았는데, 어느 날 형이 학원 자리로 봐둔 곳이 있다는 겁니다. 바둑학원을 차리면 오후 1시부터 7시까지만 아이들을 가르치고 남는 시간은 자유롭게 쓸 수 있다는 말도 덧붙였죠. 솔깃한 이야기였습니다. 다른 학원은 새벽까지 해야 끝나는데 바둑학원은 7시면 끝난다고 하니까요. 돈 욕심 정치 욕심을 버리고 제가 좋아하는 바둑이나 가르치면서 조용히 살고 싶다는 생각이 들기도 했죠.

형과 함께 학원 자리를 둘러봤습니다. 그런데 월세가 너무 비싸더군요. 보증금 1천만원에 월세 77만원. 계약 평수는 25~26

평 정도에 실 평수는 16평밖에 되지 않으니 제겐 비싸게 느껴졌죠. 하지만 위치는 좋은 듯했습니다. 자리는 욕심나지만 월세가 부담되어 두 달을 고민했죠. 그러자 형이 그렇게 고민할 바에는 차라리 사버리라고 하더군요. 은행 대출 이자가 월세보다 싸니까요. 그런데 저는 그때까지 부동산이란 걸 사본 적이 없었습니다. 그렇게 많은 돈이 오고가는 거래를 해본 적도 없고요. 가장 비싼 거라고 해봐야 2007년에 구입한 승용차였으니까요. 꽤 오랜 고민을 하다 결국 빚을 내어 덜컥 상가를 구입했죠. 바둑학원 차리려다 상가를 매입하게 되었으니 인생사는 정말 한치 앞을 내다볼 수가 없더군요.

상가를 매입해서 바둑학원을 차린다고 하니까 주위 사람들이 모두 말렸습니다. 지금이 어느 시대인데 바둑학원이냐는 거죠. 그분들 생각에는 학업과 직결되는 국영수학원이 아니라 취미 생활에 불과한 바둑학원이라니 그럴 만도 했죠. 하지만 제 판단은 달랐습니다. 새로 조성된 상가지구였고 주위에 신축 아파트도 여럿 들어선 상태인데다 경쟁상대도 없었으니까 해볼만 하다고 생각했죠.

바둑학원을 차리고 홍보에 주력했습니다. 갚아야 할 부채도 있고 생활비도 벌어야 했으니까요. 아파트 단지를 돌면서 학부모와 아이들에게 직접 전단을 나눠주며 열심히 학원을 알렸습니다. 조금씩 문의전화가 오더니 학원을 찾는 아이들이 점점 늘어났습니다. 저는 아이들 눈높이에 맞추기 위해 노력과 정성을 기울였습니다. 저학년을 지도할 땐 저도 저학년이 되었고, 고학년들을 대할 때는 저도 고학년이 되었습니다. 같이 쭈쭈바를 물고 있을 때도 있었고 바둑에 집중하지 못할 때는 오목을 두거나 바둑알을 튕기며 알까기도 했습니다. 강사이면서 친구가 된 것이었죠.

그즈음 일손이 부족해서 아내도 함께 학원 일에 나섰습니다. 그렇게 바둑판을 사이에 두고 아이들과 함께 바둑돌을 가지고 놀았습니다.

'인간사 새옹지마'라는 말

중국 국경지역에 한 노인이 살고 있었습니다. 어느 날 노인이 기르던 말이 국경을 넘어 오랑캐 땅으로 도망쳤습니다. 이에 이웃 주민들이 위로의 말을 전하자 노인은 "이 일이 복이 될지 누가 압니까?"라며 태연했습니다.

그로부터 몇 달이 지나자 도망쳤던 말이 암말 한 필과 함께 돌아왔습니다. 주민들은 "노인께서 말씀하신 그대로입니다." 하고 축하했습니다. 그러나 노인은 "이게 화가 될지 누가 압니까?"라며 기쁜 내색을 하지 않았습니다.

며칠 후 노인의 아들이 그 말을 타다 낙마하여 그만 다리가 부러지고 말았습니다. 이에 주민들이 다시 위로를 하자 노인은 "이게 복이 될지도 모르는 일이오." 하며 표정을 바꾸지 않았습니다.

그로부터 얼마 지나지 않아 오랑캐가 침략해 왔습니다. 나라에서 징집령을 내려 젊은이들은 모두 전장에 나가야 했습니다.

그러나 노인의 아들은 다리가 부러진 까닭에 전장에 나가지 않아도 되었습니다.

노인의 이름이 새옹塞翁이라서 그의 말 이야기라는 뜻으로 새옹지마塞翁之馬라고 하는 고사故事입니다.

바둑학원은 예상보다 빨리 자리를 잡아갔습니다. 저의 바람처럼 바둑이나 가르치면서 유유자적 늙어갈 수도 있겠다 싶었습니다. 수강생이 많지는 않았지만 그렇다고 적지도 않았습니다. 7시면 문을 닫으니 시간적 여유로움도 있어서 할만 했습니다. 그런데 '인간사 새옹지마'란 말처럼 불행이 우리 가족을 엄습했습니다.

아내는 이전부터 갑상선에 문제가 있었는데 병원에서 암 판정을 받은 것이었습니다. 첫 아이 봄길이가 일곱 살, 둘째 봄햇살이가 세 살이었습니다. 저는 청천벽력 같은 일이 벌어져도 담담해지는 편인데 제 아내 문제 앞에서는 그렇지가 않더군요. 더구나 아직 아이들이 어리다 보니 허둥지둥할 수밖에 없었습니다. 왜 이런 시련을 주시는지 하늘을 원망하기도 했습니다.

하지만 가장인 제가 정신을 차려야만 했습니다. 아내의 치료와 아이들 돌봄을 동시에 했습니다. 학원 운영 또한 저 혼자의 몫이었습니다. 그러니 아내의 치료도 아이들의 돌봄도 학원 운영도 삐걱대기 시작할 수밖에요.

결국 동해에 사시는 처가 부모님께서 오셔서 아이들과 살림을 맡아주셨습니다. 학원 원장의 정신이 딴 곳에 가 있으니 학원도 조금씩 기울어져 가더군요. 무슨 일이든 최선을 다하지 않으면 표시가 나기 마련이니까요.

다행히 아내는 어느 정도 회복되어 갔습니다. 그 와중에 어쩌다 보니 제가 전북 바둑협회 전무가 되었습니다. 협회 사무국장 역할을 하시던 분이 있었는데, 그분이 뇌출혈로 쓰러졌습니다. 그러다 보니 전라북도에서 받은 지원금을 정산하지 못했고, 제가 잠시 정산을 도와주러 협회에 들어간 거였습니다. 예전에 남북교류협력지원협회에 있을 때 수출입은행과 800억 원을 정산한 경험이 있어서 이런 일에는 빠삭했으니까요. 협회는 작년에 교부받은 지원금을 정산하지 못해 이월된 상태였습니다. 당연히 담당 공무원들은 난리가 났고 지원금은 환수 위기에 처해 있었습니다. 바둑협회가 속한 전라북도체육회도 난리가 났지요. 그 일을 수습하는 걸 도우려고 갔는데 뜻밖의 직책을 맡게 되어 2년 2개월 동안 바둑협회 활동을 했습니다.

잠잠할 만하니까 문제가 또 터져 나왔습니다. 이번에는 제가 아프기 시작했습니다. 2012년 총선과 대선 패배로 인해 매일 입에 달고 살았던 술이 건강 악화를 불러왔습니다. 지난 4년 동안 몸을 혹사해온 결과가 나타난 거였죠. 건강을 회복하기 위해 집 중치료를 받으러 병원에 다니던 무렵, 언론에서는 국정농단 사태가 연일 보도가 되고 있었습니다. '인간사 새옹지마'라는 말이 유난히 가슴에 아프게 박히던 시절이었습니다.

전주시와 전북을 위하는 일

2016년에는 건강 회복을 위해 병원에서 거의 살다시피 했습니다. 하지만 모든 신경은 TV에 집중될 수밖에 없었습니다. 국정농단 사태와 권력기관들의 불법적인 행태들, 말도 안 되는 기가 막힌 일들이 속속 밝혀지고 있었으니까요. 몸이 아픈 와중에도 변화의 조짐을 느낄 수 있었습니다. 아니나 다를까 서울에서 걸려오는 전화들이 잦아지더군요. 자리를 마련해 놨으니 서울로와서 일을 해달라는 요청도 받았습니다. 하지만 저는 몸이 너무아파서 아무것도 할 수가 없었습니다. 수술을 하지 않고 치료하려고 했지만 결국 수술대에 올랐습니다. 그리고 작은 장기 하나를 떼어냈죠.

수술을 잘 마치고 퇴원해서 집에서 요양을 하고 있는데 안도현 시인이 찾아왔습니다. 안도현 시인은 박근혜 정권과 대척점을 이루며 부당한 일을 서슴없이 지적하고 정도를 제시하면서 원상회복을 요구하는 일을 하고 있었습니다. 그로 인해 정권으로부터 고소 고발을 당해 법원에 불려 다니는 고초를 겪고 있었습니다. 일반인들에게 법원의 부름은 정신적 육체적으로, 그리고 금전적으로도 큰 위협입니다. 하지만 곁에서 지켜본 안도현 시인은 당당했고 전혀 주눅이 들지 않았습니다. 오히려 누가 옳은지 법으로 시시비비를 가리자고 했으니 말이죠. 연약한 심성을 지닌 시인이 무엇 때문에 이렇게 변했을까요? 불온한 시대가 감성적 시인을 투사로 변모시켰고, 시인은 불의와 맞서는 존재가 되었습니다. 제가 지켜본 안도현 시인은 한없이 여리기도 했지만, 불의에는 강건했고 전투적이었습니다. 그러니 '펜은 칼보다 강하다.'는 말이 생겼겠지요.

안도현 시인을 응원하러 온 문재인 당시 국회의원과 함께

안도현 시인은 서울에서 저를 호출한 걸 알고 저의 서울행을 말리러 온 거였습니다. 그날 오랜 시간 동안 꽤 많은 이야기를 나누었습니다. 그리고 저는 서울행을 포기했습니다. 전라북도에서 더 많은 일을 해야 한다는 안도현 시인의 말이 제 가슴을 흔들었으니까요.

이후 정국은 빠르게 변화했습니다. 국정농단 사태로 인해 2016년 12월 9일 탄핵소추안이 국회를 통과했고, 2017년 3월 10일 헌법재판소에서 대한민국 사상 최초로 대통령 파면 결정을 내렸습니다. 다시, 제19대 대통령 선거가 시작되었습니다.

발 빠르게 움직여야 했습니다. 안도현 시인을 비롯한 여러 인사를 주축으로 '더불어 전북포럼'을 발족시켰습니다. 선거기간이 채 100일도 남지 않았으므로 모든 걸 서둘러야 했습니다. 그러면서도 한 치의 실수가 없어야 했습니다. '정권 심판론'에 의지하다 실패했던 19대 총선을 거울삼아 '박근혜 탄핵'에만 안주할 수는 없었습니다. 전북에서의 확고한 성원과 지지를 바탕으로 수도권과 부산 경남까지 표를 다져야 했습니다. 안도현 시인이 전북포럼의 이사장을, 제가 사무처장을 맡아 조직을 구성하고 발 빠른 대처를 했습니다. 전라북도와 협의하여 도내 현안과 비전을 문재인 대통령 후보 캠프에 전달했고, 문재인 대통령 후보는 전라북도의 개발과 비전을 공약집에 명시했습니다.

모든 게 차근차근 진행되던 와중에 사건이 하나 터졌습니다. 경선 시점을 전후로 모 대학 태권도학과에서 벌어진 사건이었습니다. 교수가 학생들을 동의 없이 행사에 동원했고 행사가 끝난 뒤에는 음식을 대접했다는 것입니다. 하늘에서 날벼락이 떨어진 것 같았습니다. 그런 일이 벌어지리라고는 꿈에도 몰랐으니까요. 앞서 언급한 것처럼 최선의 노력을 다하되, 하찮은 실수도 없이 일을 진행하기 위해 모든 걸 꼼꼼히 확인했는데도 빈틈이 있었던 겁니다.

그 일로 저도 검찰 조사를 받았습니다. 검찰 조사가 다 끝나고 나니 봄이 지나고 여름이 되어 있더군요.

그 사건으로 인해 소중한 시간을 죄다 빼앗겨 버렸습니다. 어디를 가지도 못하고 갈 수도 없는 상황이 되어버린 겁니다. 그때 전주시에서 연락이 왔습니다. 정무보좌관실에 자리가 하나 있는데 전주시를 위해 일을 해달라는 요청이었습니다. 안도현 시인이 저의 서울행을 만류하면서 했던 이야기가 순간 떠오르더군요. 전라북도에서 더 많은 일을 해야 한다는 말. 저는 두말없이 전주시의 제의에 응했습니다.

그날 밤 저는 '무엇을 어떻게 해야 전주시와 전북을 위할 수 있을까?' 하는 고민을 거듭하느라 쉽사리 잠을 이루지 못했습니다.

6급 공무원,
청와대를 들락거리다

전주시 정무보좌관실에 첫 출근을 하면서 걱정이 앞섰습니다. 제가 잘할 수 있을까 하는 두려움도 있었고, 국민의 세금으로 녹봉을 받는 자리인데 세금이 헛되이 쓰이면 안 된다는 생각도 들었습니다. 청사에 들어가기에 앞서 옷매무시를 고치고 마음가짐을 새로이 했습니다. 일을 할 때는 최선을 다하고, 혹여 제구실을 못하면 과감히 물러서자고 말이죠.

10월이 되자 함께 일하던 채주석 정무보좌관이 함께 서울 출장을 다녀오자고 하더군요. 짧으면 1박 2일, 길면 2박 3일이라고 하면서. 그 말에 가벼운 마음으로 서울 출장길에 올랐습니다. 짧은 일정이니 속옷 한 벌만 챙겨 갔죠. 그런데 길어야 2박 3일로 예상했던 출장이 12월 초까지 이어졌습니다. 국가 예산을 확보하는 철이라서 그랬습니다.

국가 예산은 지역의 사활이 걸린 문제입니다. 예산을 확보하느냐 못하느냐에 따라 지역의 발전과 비전을 제시할 수 있느냐 없느냐가 결정됩니다. 우리 전주시에 변화의 바람을 불게 하느냐 마느냐의 문제와 직결이 되는 일이었죠.

국가 예산이란, 각 부처에서 예산을 반영해 정부 예산안에 포함을 시키고 정부는 각 지자체의 예산과 함께 내년의 국가 예산을 결정합니다. 만약 꼭 필요한 예산인데 정부안에 포함이 되지 않았다면, 심의를 하는 국회의원들을 찾아가서 왜 필요한지를 설득해서 예산을 확보할 수 있도록 노력해야 합니다. 그게 말로는 쉬운 일 같은데 실무자들에게는 눈에 보이지 않는 전쟁입니다. 전국의 지자체 담당자들이 각자 필요한 예산을 확보하기 위해 피 튀기는 싸움을 벌이기 때문입니다. 그들과도 경쟁하면서 심의권을 쥔 국회의원들과 줄다리기도 해야 하니 몸이 열 개라도 모자라고 시간도 많이 걸리는 일이었죠.

예산확보를 위해 국회를 드나들면서 각 지자체의 담당자들은 국회 인턴 사원들에게마저 외면 받는 장면을 자주 목격했습니다. 저도 처음에는 의원 보좌관들을 붙잡고 면담 일정을 잡기 위해 통사정을 하고 애원도 해보았습니다. 면담이라도 해야 예산 이야기를 해볼 텐데 면담조차 쉽지 않더군요. 그런 일들이 반복되자 방법을 조금 바꾸기로 했습니다. 예산 확보는 다리품을 파는 싸움이 아니라 인맥 싸움이라는 걸 깨달았거든요.

정권이 막 교체된 시점이어서 형, 동생 하며 지내는 청와대 비서관이 많았거든요. 그분들을 만나기 위해 청와대를 들락날락했습니다. 인연이 있는 분은 물론이고 조금이라도 안면이 있는 분이라면 죄다 붙잡고 지역사업에 대해 설명을 드렸습니다. 사업의 타당성에 대해 말했고, 지역 현안의 절실한 필요성을 이야기했습니다. 때론 저와의 인연을 들먹거리기도 했고 으름장 아닌 으름장도 놓았습니다. 정말 10원 한 장이라도 더 확보하려는 마음으로 열심히 뛰었습니다.

시간이 어떻게 흐르는지도 몰랐습니다. 가지고 간 옷은 딸랑 속옷 한 벌뿐이었습니다. 일주일 정도 지나자 퀴퀴한 냄새가 나는 거 같았습니다. 겉옷은 대충 사서 입었고 속옷은 여러 벌 사서 입다가 버렸습니다. 빨래할 시간에 한 명이라도 더 만나야 했으니까요. 제 특유의 승부욕도 발동되었습니다. 전주시에 필요한 예산은 꼭 따내고야 말겠다는 승부욕이었죠.

12월 초 국회에서 예산안이 통과될 때는 만감이 교차했습니다. 어렵다고 여겼던 사업예산이 반영되어 흡족했지만, 한편으로는 더 잘할 수 있었는데 하는 아쉬움도 있었습니다.

제가 꼭 말씀드리고 싶은 게 한 가지 있습니다. 예산을 확보하기 위한 공무원들의 노력에 대해서입니다. 저는 기초지자체인 전주시, 광역지자체인 전라북도, 중앙부처 산하기관, 청와대 등에 근무하면서 많은 공무원을 만나봤습니다. 그분들은 작은 예산 하나, 10원 한 장이라도 더 확보하기 위해 새벽 4시에 일어나 국회와 행정부 문턱이 닳도록 뛰어다닙니다. 나라의 녹을 먹는 공무원이므로 그런 노력은 당연하다고 치부할 수도 있습니다. 하지만 아무리 당연한 일을 했다고 해도 고생했다, 수고하셨다고 어깨를 두드려주면 좋겠습니다. 칭찬은 고래도 춤추게 하니까요.

전주시청에서 청와대 행정관으로

전주시청에 들어간 지 6개월 만에 사표를 내고 김승수 시장의 선거 캠프에 합류했습니다. 그러면서 마음속으로 이번 선거를 마지막으로 다시는 정치에 복귀하지 않겠다고 다짐을 했습니다. 20대 후반의 노사모 시절부터 지금까지 어떻게든 정치와 연을 맺고 있었습니다. 남북교류협력사업도 하고 개인사업도 했지만, 한편으로는 늘 정치와 연이 닿아 있었죠. 정치와 연을 두고 있으면 생활이 불안정했고 가정에도 소홀할 수밖에 없었습니다. 이제 가장의 본분에 충실하기 위해 정치는 접기로 한 것입니다. 제가 그런 결심한 건 새만금개발공사가 설립된다는 소식을 들었기 때문이었습니다. 새만금개발공사에 취직해서 전라북도의 최대 현안 사업인 새만금을 성공시키는데 기여하고 싶었거든요.

시장선거를 성공적으로 마치자 전주시에서는 자리를 제의했습니다. 5급 계약직으로 일하자고 했지만 저는 별 뜻이 없었습니다. 제가 머뭇거리는 모양새를 취하자 전주시에서는 언제든 더 좋은 자리가 나면 이직해도 괜찮다고 제안하더군요. 그래서 제안을 수락하고 시청으로 출근한 지 한 달쯤 지났을 무렵, 청와대에서 걸려온 전화를 받았습니다. 이번 주 일요일에 청와대에 올 수 있냐고 하더군요.

통화를 마치고 왜 전화를 했을까 생각해 보았습니다. 아마 예산 문제일 거라고 추측했습니다. 제가 예산과 관련된 업무를 하면서 서울에 갈 때마다 만나는 사람들에게 예산 이야기를 빠짐없이 했으니까요. 김승수 시장님께 보고를 하고 꼭 필요한 예산안 보고서 하나를 챙겨 청와대로 향했습니다.

청와대에 도착해서 전화를 한 행정관을 만나 저를 부른 이유를 물어봤습니다. 그런데 예산안 관련 이야기인줄 알았는데 뜻밖에도 행정관 면접을 보라는 거였습니다. 혼자만 면접을 보는 거니까 편안한 마음으로 면접을 보고 내려가라고 하더군요.

회의실에 들어가 면접을 보았습니다. 1시간이 넘도록 면접이 계속되었습니다. 그동안 살아온 이야기를 했고 다양한 식견에 관해 묻고 답했습니다. 제가 알고 있는 건 최대한 솔직하게 이야기했고 모르는 건 이야기를 하지 않았습니다. 면접이 끝나갈 무렵 면접관들에게 양해를 구했습니다.

"제가 사실은 면접인줄 모르고 왔습니다. 전주에서 챙겨온 게 있는데 한 번씩 봐주셨으면 좋겠습니다."

그리고는 준비해 간 예산안 보고서를 면접관들에게 나누어 드렸습니다. 그러자 면접관들이 웃으면서 "아니, 면접 오시는 분이 무슨 지역 예산을 가져오세요?"라고 하시더군요. 그래서 제가 이렇게 말했습니다.

"전주시에는 정말 절박한 예산입니다. 얼마나 절박하면 면접 보는 자리에까지 제가 들고 왔겠습니까? 꼼꼼히 검토해주시면 감사하겠습니다."

면접을 끝내고 돌아오면서 저도 한참을 웃었습니다. 면접 보는 자리에서 어떻게 예산안을 건넬 생각을 했을까? 한편으로는 '내가 청와대에서 일할 준비가 되었나?' 스스로에게 물어보며 고민에 잠겼습니다. 그리고는 '지금까지 한 것처럼 최선을 다하자. 그리고 겸손하자.' 제 자신에게 다짐을 했습니다. 실수는 용서하되 자만은 경계해야 한다고 생각했습니다. 청와대 비서실은 우리나라 최고의 권력기관 중 하나입니다. 그곳에서 일하게 되었다고 자만하거나 기고만장한다면 어떤 일이 벌어질지 뻔했습니다.

제가 경계해야 하는 건 첫 번째가 자만이었고 두 번째도 자만이었습니다. 늘 겸손하고 항상 낮은 자세로 임하는 것이 문재인 대통령님과 이 정부에 누가 되지 않는 모습일 테니까요.

김승수 시장님께 전화를 드려서 면접을 본 사실을 말씀드리고 예산안을 청와대에 전달했다는 보고도 했습니다. 시장님께서는 많이 아쉬워하면서도 청와대 근무를 축하해주시더군요. 그렇게 해서 저의 청와대 생활이 시작되었습니다.

2018년 전주시장 선거 때 김승수 현 전주시장의 선거참모로 활약했다.

더 화창한 전라북도,
더 눈부신 전주

청와대로 첫 출근을 하는 날이 가까워지자 살짝 떨렸습니다. 청와대라는 단어에서 오는 막중한 책임감과 사명감 같은 것들이 복합적으로 다가왔으니까요. 출근 하루 전 날, 내일 신을 양말부터 넥타이, 셔츠, 양복까지 모두 준비해두었습니다. 그렇게까지 준비할 정도로 설렜냐고요? 물론 설레기도 했지만, 출근시간이 오전 6시 30분까지였으니 미리 준비해둘 수밖에 없었습니다. 6시 30분까지 출근해야 한다는 말을 처음 듣고는 믿기지 않았지만, 금세 이해가 될 수밖에 없었습니다. 한 나라를 이끄는 중추 타워인 청와대인데 일반 기업과 출퇴근 시간이 비슷하면 안 되겠죠?

6시 30분까지 출근하려면 늦어도 5시에는 일어나야 했습니다. 5시에 일어나서 씻고 준비를 해야 제 시간에 맞출 수 있죠.

전주에서는 8시에 일어나서 씻고 출근해도 충분했지만 서울, 아니 청와대는 달랐습니다. 그렇다고 퇴근이 빠른 것도 아니었습니다. 다양한 현안들을 검토하고 현실에 반영할 수 있는 사항부터 청와대에 올라오는 민원들까지 모든 것들을 총괄해서 처리하다 보면 어느새 한밤중이 되기 십상이었습니다.

청와대 숙소에 빈자리가 없어서 한동안 여관에서 생활해야 했습니다. 대부분의 짐은 차에 보관하고 꼭 필요한 물건만 그때그때 꺼내 생활하려니 불편하기 짝이 없었습니다. 자리가 나길 기다리던 청와대 숙소는 꽤 허름했습니다. 대통령을 보좌하는 사람들이 기거하는 곳이라고는 믿기지 않을 정도로 낡고 곳곳에 실금이 가 있는 게 눈에 보일 정도였으니까요. 엘리베이터도 없고 방 두 칸짜리 낡은 아파트였는데 빈자리가 나려면 꽤 오래 기다려야 했습니다.

청와대에 근무하는 동안 정말 눈코 뜰 새가 없었습니다. 문제를 파악하고 문제를 해결하고 문제를 마무리까지 해야 했습니다. 아주 작은 일부터 나라의 중대사까지 모든 게 업무였고 해결해야 할 사안이었습니다. 입이 무거워야만 했고 모든 행적에서 소리가 나지 않게 해야 했습니다. 행여 작은 소리라도 나면 걷잡을 수 없이 확대되거나 이상한 방향으로 호도될 수도 있으니까요. 그러므로 청와대에 근무하면서는 자신의 행적은 모두 지우고 드러내지 말아야 했습니다. 완벽한 자기 절제를 통해 스스로를 단속하고 모든 면에서 행실이 곧아야 했습니다.

몸과 정신은 무척 피곤했지만, 현안을 처리하거나 해결하기 어려운 문제를 해결해 냈을 때의 성취감은 대단했습니다. 스스로 성장하는 속도를 체감할 수도 있었고, 자신의 한계점을 목도할 때도 있었습니다. 한계점이 드러날 때마다 그 한계를 뛰어넘기 위해 부단한 노력을 기울여야 하는 자리였습니다. 노력을 해도 해결이 안 되면 유기적인 협력과 조율을 통해 해결방안을 마련해야 하는 자리였습니다. 한계에 다다를 때도 많고 그 한계를 뛰어넘었을 때 얻는 성취감에 도취될 때도 많았습니다. 하지만 이내 또 다른 한계점에 부닥쳐야만 했죠.

청와대 생활은 저를 발전하게 했고 저의 한계점이 무엇인지도 깨닫게 한 시간이었습니다. 자신감이나 기고만장이 아닌, 낮은 자세의 장점을 일깨워주기도 했습니다. 정치인은 장점은 내세우고 단점은 철저히 감추고 포장해야 하는 존재라면, 청와대 생활은 단점을 드러내고 그 단점을 지워가면서 자신의 장점으로 만들어 가야 하는 자리였습니다.

청와대 행정관으로 있으면서도 제 머릿속에는 늘 '지역'이 있었습니다. 전주로 빨리 돌아가고 싶었습니다. 국가 전체를 바라보고 조정역할을 해야 하는 청와대 행정관으로 있으면서 지역의 이해와 요구를 대변하는 건 상당히 어려웠습니다. 지역에서 올라오는 민원을 처리하면서 "청와대 행정관이냐, 전북 행정관이냐."하는 소리도 여러 번 들었습니다. 이제 이쯤 했으니 지역으로 돌아가서 숙원사업들을 해결하는데 힘을 보태야겠다고 생각할 때쯤 전북도청에서 제안이 왔습니다. 2급 상당의 정무특별보좌관(정무특보)으로 일해보지 않겠냐는 것이었습니다.

몇몇 분에게 상의 드렸는데 다들 말렸습니다. 특히 형으로 따르는 윤건영 국정상황실장(현재 국회의원)은 강하게 반대했습니다. 설득하는데 두어 달이 걸렸습니다만, 결국 저는 다시 고향으로 돌아왔습니다. 청와대 생활에서 많은 걸 배웠고 다양한 이해관계를 깨우쳤습니다. 그러한 자산들을 바탕으로 전라북도와 전주를 위해 최선의 노력을 다하자고 다짐했습니다. 전라북도의 발전에 작은 기여라도 할 수 있다면 이 한 몸은 부서져도 좋다는 각오까지 했습니다.

2019년 10월, 서울에서의 생활을 접고 다시 전북으로 돌아왔습니다. 1년 전 상경할 때와 다시 돌아오는 저를 비교해보았습니다. 상경할 때는 우물 안 개구리 같았다면, 청와대 생활을 마치고 돌아올 때는 막 우물을 벗어난 개구리 같았습니다. 1년간 각고의 인내와 노력으로 마침내 우물을 벗어난 거라는 생각이 들었습니다. 우물을 벗어났으니 이제 도약해야 한다고 스스로를 다그쳤습니다. 여기에 안주하지 말고 지역의 발전을 위해 더 나은 모습으로 더 높이 뛰어야 한다고 말이죠. 상경할 때와 마찬가지로 어깨가 무거웠지만 고향으로 돌아온다는 기쁨도 컸습니다. 더 화창한 전라북도를 위해, 더 눈부신 전주를 위해 일하게 되었으니까요.

자신 있게 일하겠습니다!

김대중 대통령 시절, 노짱님이 해양수산부장관 취임사에서 하신 말씀이 있습니다.

"감히 다시 한 번 저와 함께 노력해주시길 당부 드립니다. 매는 제가 맞겠습니다. 실수할 수 있지요. 여러분에게 쏟아지는 매는 제가 맞겠습니다. 일하십시오. 자신 있게 일하십시오. 일을 추진하다 생긴 실수는 있을 수 있습니다. 그건 제가 책임지겠습니다. 그러나 일을 하지 않으면 그 모든 책임은 여러분이 져야 할 것입니다. 진실을 이야기하십시오. 반대의견이 있으면 직을 걸고 반대하십시오. 현장에 가서 보고 판단하십시오. 이제부터 여러분과 저는 한 팀입니다."

'일하십시오.'라는 그 말에는 많은 뜻이 담겨있습니다. 제게는 힘 있는 자들의 눈치와 그동안 행해오던 관행에서 벗어나라는 소리로 들립니다. 늘 하던 것을 하는 게 아닌, 새로운 관점과 새로운 방향성을 찾아 일하라는 소리로 들립니다.

제가 그동안 노무현 대통령님과 문재인 대통령님을 모시면서 보고 배웠던 수많은 일들 중 하나는 '바로 일을 하라.'는 것이었습니다. 관행적 업무 수행이 아닌 능동적이고 자의적인 업무 수행을 하라는 거죠. 능동적이고 자의적인 업무 수행은 곧 창의성과 연결됩니다. 솔직히 우리나라의 정치인과 관료들 중에는 관행적인 모습이 농후한 분등이 많습니다. 그 때문에 정치와 관료 사회의 변화가 더딘 측면도 있습니다.

전북도청에 근무하면서 저 자신에게 약속하고 다짐한 게 노무현 대통령님의 말씀처럼 '자신 있게 일을 하자.'였습니다. 전라북도 정무특별보좌관이란 중책이 맡겨졌으니 관행처럼 일을 하거나 직책의 위세를 누리려고 해서는 안 된다고 생각했습니다. 전라북도에 꼭 필요한 일을 위해 제가 한 발 먼저, 한 발 빨리 뛰어야겠다고 다짐하고 그렇게 노력했습니다.

정무특보를 맡고 제일 먼저 한 일은 다시 국회를 드나드는 일이었습니다. 전라북도의 현안을 들고 여기저기 찾아다니며 설명하고 이해를 구했습니다. 전라북도의 절실함을 이야기했고 지역의 열악함도 이야기했습니다.

정무특별보좌관에 임명되자 저에 대한 우려의 시선도 있었다는 걸 잘 알고 있었습니다. 그러기에 더 열심히 해야 했습니다. 맡겨진 일과 직책을 남들과는 다르게 충실히 이행했다는 말을 듣고 싶었습니다. 전주시민과 전북도민을 위해 누구보다 열심히 뛰고 잘 뛸 수 있다는 걸 널리 알리고 싶었습니다. 지역 사회에 만연한 학연, 지연, 혈연이 아니라 오롯이 제 개인의 능력만으로 평가받고 싶었습니다.

부끄럽지만 솔직하게 고백하자면, 애초의 결심만큼 잘 해냈는지 모르겠습니다. 되돌아보면 미련이 남고 아쉬움도 있는 걸 보니 잘 해낸 게 맞는지 의구심도 들긴 합니다.

1년 임기를 마치고 전라북도 정무특별보좌관직을 그만두었습니다. 곧바로 더불어민주당 당 대표 선거에 출마한 홍영표 후보의 정무실장으로 차출되어 전국을 다녔습니다. 20대 중후반부터 전국을 돌아다닐 일이 많았는데, 2021년 봄에 전국을 네 바퀴 이상 돌면서 전주와 다른 도시들을 비교해볼 수 있었습니다. 다른 지역과 비교를 해보니 무엇이 전주를 빛내고 무엇이 전주를 낙후시키는지 분명하게 보이더군요. 전북지역, 그 중에서도 전주에 오래 살아온 덕분에 지역의 현안에 대해서는 잘 알지만 의외로 놓치고 있는 것들도 눈에 띄더군요. 오랜 시간 해왔던 고민의 끝이 조금씩 밝아지고 있었습니다.

얼마 전 고향 예천으로 돌아가신 안도현 시인에게 문자를 보냈습니다. 지역을 위해 더욱 노력해야겠다는 다짐을 담은 문자였죠. 한참 만에 안도현 시인의 답 문자가 도착했습니다.

'상추야…….'

이 간단한 문자를 받고 마음이 아련해졌습니다. 저 짧은 문자 하나가 제 가슴을 쥐고 흔들었습니다. 안도현 시인의 많은 이야기가 그 속에 담겨있었습니다. 저에 대한 걱정과 위로, 그리고 격려까지 스며있는 문장이었습니다. 안도현 시인과 차 한 잔을 앞에 두고 꽤 오랜 시간을 이야기한 것 같은 느낌마저 들었습니다.

안도현 시인을 비롯해서 많은 분들이 격려와 지지를 보내주고 계십니다. 물론 걱정과 기우를 하시는 분들도 있습니다. 노짱 노무현이 그랬던 것처럼 저도 진심만을 보여드리겠습니다. 지금까지 그래왔던 것처럼 앞으로도 진실과 정의만을 위해 뛸 거라고 약속하겠습니다. 어쩌면 지금까지 뛰어왔던 것보다 더욱 열심히 뛰어야 하겠지요. 저를 지지하고 성원을 보내주시는 분들에게 보답하기 위해, 저를 걱정과 기우의 눈으로 바라보시는 분들을 안심시키기 위해 더욱 열심히 일하겠습니다. 제가 온몸으로 부딪치면서 배우고 깨달은 것들을 과감하게 펼쳐 보이겠습니다. 아직 깨우치지 못한 것들은 협력과 소통으로 계속 깨우쳐 나가겠습니다.

'상추, 이중선 참 열심히 일하는구나!'

이런 말을 들을 수 있도록 전주를 위해 뛰고 또 뛰겠습니다.

"상추, 이중선은 이런 사람입니다."

이중선은 싱싱합니다. 푸른 상추의 이미지가 가득합니다. 진안 태생 이중선은 열정적이고 위선과 거짓을 모르는 사람입니다. 날 것 그대로 촌놈이고 촌놈이기에 우직합니다. 우직함 속에 고뇌와 아픔이 숨어있는 이중선은 우리 시대에 꼭 필요한 정치인입니다.

『상추, 이중선입니다』는 20대 후반부터 현재까지의 이중선을 이야기하고 있습니다. 여전히 젊은 그가 무엇을 고민했고 앞으로 무엇을 고민해야 하는가를 이야기합니다. 그의 고민이 우리의 고민이고 그의 고민이 곧 미래 발전을 위한 초석이 될 것입니다. 그러므로 이 책은 이중선만의 이야기가 아니라 우리의 이야기이고 우리 삶의 이야기입니다.

윤석정 | 전북일보 사장, 재전 진안군 향우회장

정치를 시작하고 수많은 사람을 만나왔습니다. 똑똑한 사람, 강직

한 사람, 우직한 사람, 자신만 아는 사람, 시민들만 생각하는 사람 등, 정말 다양한 사람들을 만났습니다.

제가 만난 상추 이중선은 오롯이 자신의 지역만을 위한 사람이었습니다. 지역이 우선이어야만 국가도 우선이 될 수 있다고 믿는 젊은 정치인이었습니다. 많은 정치인이 앞다투어 이중선을 곁에 두려는 이유는 젊지만 배울 게 있기 때문입니다. 이중선이 곁에 있으면 보지 못한 것들을 볼 수 있게 해 주기 때문입니다.

이 책 『상추, 이중선입니다』는 이중선 자신의 이야기입니다. 젊은 이중선이 자신이 겪은 것들을 통해 무엇이 우선이어야만 하는지 말합니다. 이 책을 통해 이중선에 대해 알 수도 있지만, 그의 이야기를 통해 우리가 무엇을 이루어야만 하는지 깨달을 수 있습니다.

이중선은 소중한 정치인입니다. 그가 겪은 자산은 우리 모두의 자산입니다. 그가 가지고, 느끼고, 이야기하는 것들이 우리의 힘입니다. 젊은 정치인, 소중한 정치인 이중선의 이야기에 귀 기울여 주십시오.

정세균 | 전 국무총리

오랫동안 상추 이중선과 동고동락을 했습니다. 그러기에 상추 이중선을 속속들이 다 안다고 자부했습니다. 하지만 이 책을 읽고 내가 모르는 그의 이야기가 많다는 것을 깨달았습니다. 진안 태생 이중선, 그가 걸어온 길의 이야기가 때로는 아프게, 때로는 잔잔하게 가슴에 맺힙니다. 상추 이중선이 어떤 사내이고 어떤 길을 걸어왔고 어떤 사고를 지녔는지, 그리고 왜 이 시대가 그를 필요로 하는지에 대해 알

수 있습니다. 상추 이중선은 21세기 한국 정치사 한복판에서 많은 걸 보고 듣고 이야기했습니다. 이중선이 걸어온 길이 왜 그 정치 한복판이었는지, 그리고 그 한복판에 담긴 이야기들이 무엇인지 여러분의 눈으로 확인하실 수 있습니다.

상추 이중선은 정직합니다. 상추 이중선은 진솔합니다. 상추 이중선은 진심을 이야기합니다.

문성근 | 영화배우, 전 민주당 최고위원

저에게는 이중선이라는 이름보다 상추라는 닉네임이 더 친숙하고 마음에 남습니다. 오랫동안 '상추'와 인연을 맺고 각별한 관심과 애정을 갖고 지켜봐 왔습니다. 그러면서 많은 전주시민들께서 '상추'라는 사람을 얼마나 아끼고 큰 기대를 하고 있는지를 알게 됐습니다. 상추의 힘이 무엇이고, 어디에서 비롯됐는지 궁금한 분들에게 이 책이 훌륭한 답이 될 것입니다. 상추의 삶의 궤적을 따라가다 보면 우리의 삶과 연결돼 있다는 것을 느낄 수 있기 때문입니다.

상추는 청년 이중선이 노사모에서 활동했던 닉네임입니다. 전북 노사모를 만들면 교통비를 아낄 수 있다는 기발한 꼼수(?)로 시작된 그의 생각에 많은 사람과 이야기가 모여 전북 노사모를 탄생시켰습니다. 전북 노사모는 바보 노무현과 새로운 대한민국을 열었습니다. 어찌 보면 그날의 상추가 오늘의 이중선을 만든 것이 아닌가 생각됩니다.

상추는 바보 노무현의 진심을 닮았습니다. 청와대에서 문재인 대통령님의 사람 중심의 국정운영을 가장 잘 이해하고, 정책에 충실히 반영한 행정관으로 평가받는 것도 어쩌면 당연한 결과일 것입니다. 세월이 흘러도 변하지 않는 것이 있다면, 그것은 사람에 쏟아 붓는 상추의 진심과 정성입니다. 청와대 행정관을 거치며 더욱 성장한 모습에 마음이 든든합니다.

그래서 그의 정치 참여가 반갑습니다. 정치는 변해야 합니다. 코로나 이전의 정치와 코로나 이후의 정치는 달라야 합니다. 정치는 결국 국민으로 완성됩니다. 목소리를 내는 국민과, 국민의 목소리를 경청하고 실천하기 위해 일하는 사람이 있을 때 정치가 힘을 갖습니다. 이청득심이라고 했습니다. 귀 기울여 경청하는 일은 사람의 마음을 얻는 최고의 지혜라는 말입니다. 상추는 누구보다 전주시민의 목소리를 경청하고, 실천할 사람입니다. 상추의 걸어온 길이 그러했기에 상추가 걸어갈 길을 확신할 수 있습니다.

지금 대한민국과 전북, 특히 전주는 대전환을 앞두고 있습니다. 전주·익산·완주 통합과 예산 3조원 시대를 열어 전주시민의 삶의 질을 높여야 합니다. 전주가 서해안 수소 탄소 경제의 주역으로 뻗어나가야 합니다. 이 과제는 전주만이 아니라 전북, 나아가 대한민국의 지속 가능한 발전을 위해서도 반드시 해결해야 할 일입니다. 대전환 시대에 맞는 정치와 미래비전이 절실한 시기입니다. 상추는 그 준비가 됐습니다. 전북 노사모를 출범시켜 전주와 대한민국의 정치를 바꿨듯이 새로운 정치를 보여줄 것입니다. 준비된 미래비전도 전주시민을 가슴 뛰게 할 것입니다.

사람이 온다는 건 실로 어마어마한 일이라고 합니다. 그 사람의 과거와 현재, 그리고 미래가 함께 오기 때문입니다. 상추 이중선의 일생이 전주시민의 삶 속에 들어오기를 바랍니다. 상추 이중선이 전주시민들과 함께 만들어 갈 새로운 전주를 기대합니다.

툭툭 털면 물방울이 청량하고 화사하게 퍼지는 상추 같은 사람 '이중선'을 마음을 다해 응원합니다.

박광온 | 더불어민주당 경기 수원시정 국회의원

제가 아는 이중선 행정관은 사람을 귀하게 여기는 귀한 사람입니다. 전라북도와 대한민국을 위해 오랫동안 진심을 다해 묵묵히 일해왔습니다. 염량세태 속에서도 사람이 자산이라는 믿음과 희망을 잃지 않고 늘 제몫 이상의 큰 역할을 해냈습니다. 노무현 대통령님의 정신적 유산을 오늘의 정치로 구현하기 위해 늘 푸른 청년으로 살았습니다. 친근하고 소탈하며 유쾌한 저자를 꼭 닮은 책을 읽는 동안 저도 여러 번 미소 지었습니다. 사계절 우리 상차림에 빠질 수 없는 상추처럼 이중선 전 행정관이 널리 사랑받고 제 쓰임을 다할 수 있기를 기대합니다.

홍영표 | 더불어민주당 인천 부평구을 국회의원

2020년 여름, 전북도청을 방문했을 때 그를 처음 보았습니다. 소탈하면서도 겸손했고, 타인에 대한 배려가 몸에 배어 있었습니다. 그의 밝은 얼굴은 쉽게 상대의 속마음을 열게 만드는 마력이 있었습니다. 순식간에 그의 이야기에 귀 기울이고 있는 저를 발견했습니다. 지역 현안을 바라보는 시선도 합리적이고 어느 한쪽으로 치우치는 법이 없었습니다. 그의 겸손함과 지역에 대한 사랑과 열정은 지금까지도 변함이 없습니다.

근래 보기 드문 사람이었습니다. 그는 바로 '상추' 이중선입니다. 그는 자신의 이름인 이중선보다 상추로 더 알려져 있습니다. 상추는 노사모 닉네임입니다. 노사모의 창립 멤버로 누구보다 최선을 다해 노무현 대통령 당선을 위해 노력했습니다. 이중선은 몰라도 상추는 다 알았다고 합니다.

그는 문재인 대선후보 전북종합상황실장과 더불어전북포럼 사무처장을 지냈으며, 문재인 정부의 국정상황기획실 행정관으로 국정 운영에도 참여했습니다.

이 책은 흔한 자전적 에세이가 아닙니다. 국가 발전과 국민 행복을 위해 열과 성을 다했던 한 젊은이의 고민과 고뇌와 삶이 담겨 있습니다.

그는 우리의 미래를 이야기합니다. 지금 왜 그가 우리 곁에 있어야 하는지를 이야기합니다. 솔직하면서도 담백한 목소리로 한 시민으로서의 고민을 토로하고 있습니다. 이 책을 통해 지역의 현안에 집중하고 전주의 보다 나은 미래를 고민하는 그의 모습이 전주시민들께 오롯이 전해지기를 바랍니다.

염태영 | 수원시장

'진심을 꽃 피우는 사나이' 이중선 전 행정관님의 자전 에세이집 출간을 진심으로 축하드립니다. 새로운 길에 발을 내딛는다는 소식, 참 반가웠습니다. 같은 길을 걷는 든든하고 귀중한 동무를 얻었습니다.

저는 꽤 오랜 기간 이중선 전 행정관님을 지켜보았습니다. 그는 늘 현장 앞으로 달려갑니다. 그는 언제나 귀담아듣습니다. 일찍부터 남다른 열정이 돋보인 든직한 일꾼입니다.

『상추, 이중선입니다』는 '국회의원 노무현'을 만나 '인간 노무현'을 알게 되는 청년 시절부터, 노무현재단 전북위원회 초대 사무처장을 거쳐 국가균형발전위원회 국민소통특별위원까지, '이중선'이 걸어온 삶의 여정을 기록한 책입니다. 평범한 시민의 삶과 정치인의 삶 사이에서 겪는 고민이 솔직하게 담겨있습니다.

전주를 잘 알고 전주만을 생각하는 분은 흔치 않습니다. 이중선은 전주의, 전주에 의한, 전주를 위한 인재입니다. 긍정적 마인드와 결단력은 전주 발전의 원동력이 될 것입니다.

유쾌한 입담과 열정으로 똘똘 뭉친 전주의 든든한 희망, 이중선 전 행정관님! 지금 내딛는 도전의 발걸음, 임인년壬寅年 검은 호랑이의 기운을 받아 힘차게 나아가길 바랍니다. '상추 이중선'을 응원합니다!

민형배 | 더불어민주당 광주 광산구을 국회의원

담담한 문체로 군더더기 없이 써 내려간 『상추, 이중선입니다』를 읽다보면 뜻하지 않은 비보와 위기를 겪었던 순간부터 모두가 하나가 되어 승리를 이뤄냈던 찬란한 순간까지 모든 기억이 떠오른다. 그 모든 순간 말석에서 묵묵히 노력했던 이들이 있기에 지금 우리는 민주주의의 가치를 상석에 놓을 수 있었다.

이 책은 말석에서 대한민국의 정치사를 직접 겪고 바라본 한 시민의 기록이자 민주주의를 상석에 올린 '상추'의 기록이자 또한 '우리'의 기록이다. 이 책에서 이중선은 노사모 상추, 문성근 대표의 그림자, 청와대 '전북행정관' 등 각양각색의 별칭으로 등장한다. 그에 얽힌 에피소드 하나하나 읽다보면, 모두에게 따뜻하고 누구보다 열정적인 상추 이중선을 다시 한 번 찬찬히 살펴보게 된다. 많은 분께 일독을 권한다.

윤호중 | 더불어민주당 원내대표, 경기 구리시 국회의원

이중선은 노사모 시절부터 그의 실제 이름보다 닉네임 '상추'로 더 많이 알려졌습니다. 노무현·문재인 정권 창출을 위해 젊은 시절부터 부단히 뛰어다녔습니다. 그렇게 열심히 뛰었기에 서울로 지방으로 늘 불려 다니는 이였습니다. 여러 일을 도맡았습니다.

하지만 지역에 대해 깊은 고민 또한 놓지 않았습니다. 지구의 중심은 지역입니다. 그 지역에 발 딛고 서 있는 것은 사람입니다. 늘 변치 않는 사람의 가치는 지역에서 시작됩니다. 그 가치에 대해 고민하고 실천하고자 하는 이중선의 열정과 상상력은 계속 빛을 발할 것입니다.

김의겸 | 열린민주당 비례대표 국회의원

"민주주의는 다양한 의견이 표출되어야 하고, 다양한 의견은 토론과 토의를 통해 하나의 의견으로 통합되는 과정입니다."

이 책을 읽으며 참 공감되는 부분이었습니다. 초기 노사모 활동 때부터 민주주의라는 올곧은 길만 걸어온 이중선 문재인 정부 청와대 전 행정관이 집필한 이야기라 더 그런지 모르겠습니다.

노무현 대통령님께서 늘 말씀하셨던 민주주의는 사람들이 서로 다름을 인정하고 존중함에서 비롯됩니다. 다양한 의견을 존중할 줄 알고 민주적 절차를 통해 하나의 의견으로 통합할 수 있는 리더가 이 시대에 꼭 필요한 지도자입니다.

문성근 전 대표와 함께 민주진영 통합에 앞장선 사람으로 이중선 전 행정관은 민주당이 힘들고 어려울 때도 흔들리지 않고 중심을 단단히 잡아준 한결같은 사람입니다.

그 한결같고 뚝심 있는 모습에 많은 사람이 감동하여 '상추'의 이야기를 귀담아듣지 않았나 싶습니다. 상대를 감화시키는 능력이 탁월한 광역대표 일꾼이 청와대에서까지 자신의 역량을 충분히 발휘하며 행정 능력까지 인정받았으니, 왜 그가 믿음직스럽다고 하는지, 왜 그의 경륜과 일솜씨가 우리에게 꼭 필요한지 알게 되는 계기입니다.

'상추' 이중선은 전주의 자부심이 될 것입니다. 젊고 능력 있는 리더십이 필요한 지역에서 이제껏 걸어온 자신의 정치 생활의 경험을 모두 부어 진정한 민주주의, 민생주의 사회를 이끌어 가리라 기대합니다.

『상추, 이중선입니다』 발간을 다시 한 번 진심으로 축하드립니다. 그리고 앞으로도 민주주의 발전에 희망적인 이야기를 많이 들려주시길 바랍니다. 이중선의 진심과 쉼 없이 뛰는 모습을 응원합니다.

김종민 | 더불어민주당 충남 논산시계룡시금산군 국회의원

이중선 전 청와대 행정관을 처음 만난 건 2009년이었을 겁니다. 노무현 대통령님이 서거하시고 제가 노무현재단 초대 사무총장을 맡아 전국 각 지역위원회 결성에 나섰을 때였습니다. 그때 이 전 행정관이 전북지역 실무책임을 맡았습니다. 정말 헌신적으로 움직여줬습니다. 그는 오래전부터 노사모 활동을 통해 노 대통령님과 관련된 일이면 물불 가리지 않고 봉사해 왔던 지역 활동가였는데 덕분에 일이 수월했습니다. 그때 큰 신세를 졌습니다.

또 한 번 신세를 진 게 2011년이었습니다. 문재인 대통령님께서 처음 대선 출마를 결심하시고 우리가 전국적 조직 결성에 나섰던 때였습니다. 늘 열정과 패기가 넘치는 이 전 행정관은 문 대통령님이 대선 출마 결심을 했다는 소식을 듣고 흥분을 감추지 못했습니다. 기꺼이 전북 및 전주 지역 조직 일을 맡아 눈물겨운 자원봉사 활동을 펼쳤습니다. 2012년 한 번의 실패 후에도 좌절하지 않고 2017년 대선 승리를 위해 꽤 오랜 기간을 한결같은 마음으로 몸을 아끼지 않았습니다.

그는 그런 사람입니다. 노무현·문재인 두 분을 위해 청춘의 많은 날을 보상 없는 일에 바쳤습니다. 전주와 전북을 위한 일이면 사서 고생하는 일을 마다하지 않았습니다. 좀 바보 같다는 생각이 들 정도로 우직하고 순수하게 한 길을 걸어왔습니다.

2002년경 그가 노사모 활동할 때 닉네임이 '상추'였습니다. 지금도 저를 포함해 가까운 사람들은 그를 상추라 부릅니다. 어쩌면 문 대통령님도 그를 이중선보다는 상추라는 애칭으로 기억하실지 모릅니다. 상추. 화려하지도 않고 비싸지도 않은 일상 속 채소. 하지만 어떤 음식과도 조화를 이루면서 우리 몸에 이로운 참 겸손한 그 식물은 이중선을 닮았다는 생각이 듭니다. 부디 그가 더 이로운 일에 더 파랗고 풋풋하게 쓰이길 소망합니다.

양정철 | 전 민주연구원장

한눈에 봐도 나처럼 딱 촌놈, 수더분해서 따뜻하고, 느린 듯한 위트는 주변을 유쾌하게 만든다. 만날수록 기분이 좋아지는 이중선 행정관의 마음 씀씀이는 깊기도 하다.

청와대 입사 면접에서 지역 현안 좀 살펴 달라며 면접관들에게 오히려 숙제를 줬다는 일화를 보면, 그가 얼마나 전북 일에 열정을 가졌는지 알 수 있다. 맡은 일은 손잡고 다니며 사방을 쫓아다니며 연결한다. 이중선은 무슨 일이든 정말로 정성을 다해서 상대를 감동시킬 뿐 아니라 시간이 지난 뒤에는 모두 친구가 되고 싶어 한다.

이중선 행정관이 근무했던 국정상황실은 대통령 비서실 가운데 가장 격무부서다. 꼭두새벽부터 밤늦게까지 긴장의 연속이고, 끊임없이 쏟아지는 정보를 취합하고 분석하여 민심을 살펴야 한다. 청와대의 눈과 귀가 되어야 하고, 대통령의 손과 발이 되기도 한다. 체력이 강한 사람도 국정상황실 근무 6개월이면 골병이 든다는 말도 있을 정도다.

사람의 진면목은 어려울 때 나오고 힘들 때 그 능력을 가늠할 수 있다. 그 바쁜 국정상황실에서 그는 웃음과 활력으로 주변을 끌어가는 리더십을 발휘했다.

이중선 행정관은 노무현 대통령님의 생각과 철학을 받아든 든든한 참모이자 친구이고, 문재인 정부의 성공과 민주정부 이어달리기에 함께 할 동지다. 이제는 참모를 넘어 현실 정치인의 길을 나섰다.

그에겐 아무나 가질 수 없는 '전북행정관'이란 별명이 있다. 그처럼 전북 일에 양팔 걷고 나섰다. 꼭 그가 성공했으면 좋겠다. 백마 타고 온 왕자는 없다. 오랜 시간 지역을 챙겨보고 준비해온 이중선과 같은 친구가 성공하는 것이 정치의 무관심과 불신을 끊어내는 상징이 될 것이다. 지역을 별명으로 가진 사나이는 마음속에 '전주'와 '전북'을 품고 산다는 것이다. 그런 사람 찾기 쉽지 않다. 이중선의 성장과 성공을 기원한다.

강기정 | 전 청와대 정무수석

상추 이중선을 오랫동안 만나 왔습니다. 그는 즐거운 사람입니다. 함께 있으면 웃음부터 나오게 합니다.

하지만 상추 이중선의 말과 행동, 그리고 농담 속에는 번뜩이는 날카로운 면들이 많습니다. 그러기에 그와 함께 있다 보면 자연스레 그의 말에 귀 기울일 수밖에 없습니다.

상추 이중선은 고향에 대한 애착심이 대단합니다. 지역 현안을 위해서라면 열정적으로 뛰어다녔습니다. 그와 만나는 이들은 자기 고향보다 전라북도의 현실과 현안을 더 환히 꿰차고 있을 지경입니다.

이 책 『상추, 이중선입니다』에는 제가 봐왔던 그가 고스란히 들어있습니다. 동시에 제가 놓친 그의 모습도 있습니다. 그의 생각을 읽으면서 역시나 참 깊은 사내고 참으로 열정적인 사내임을 생각합니다.

제가 봐왔던 모습이 거짓이 아닌 참모습이라는 것을 확인했습니다. 이런 사내를 품고 기른 전라북도와 전주의 기품이 새삼 새롭게 다가왔습니다.

상추 이중선이 있어서 즐겁고 상추 이중선이 있어서 더욱 희망스러운 날들입니다. 그가 우리들 곁에 있어 든든합니다.

이광재 | 더불어민주당 강원 원주시갑 국회의원

이중선 동지는 그리운 향기가 나는 사람입니다. 본명보다 더 널리 알려진 '상추'라는 닉네임 때문입니다. 노사모 닉네임 '상추'는 노무현 대통령님의 2000년대 초반 모습을 떠올리게 합니다. '상추'에는 정치인 노무현을 넘어, 인간 노무현을 진심으로 좋아하고 따르던 이중선 동지의 치열했던 젊은 날이 담겨 있습니다.

이중선 동지가 전주시민의 더 나은 삶을 준비하는 '상추'의 모습을 담은 책을 출간한다는 소식에 기뻤습니다. 노무현 대통령님을 좋아하고 따르던 우리의 젊은 날을 회상하고, 대한민국의 미래를 위해 나아갈 길을 재차 확인할 수 있으리라는 기대 때문입니다.

이 책에는 인간 이중선을 넘어 '사람 사는 세상'을 꿈꾸며 치열하게 살아온 우리의 지난날이 함께 담겨 있습니다. 아울러 '평화와 공존, 그리고 서로의 번영'과 '수평적 관계'를 지향하는 이중선만의 가치관을 확인할 수 있습니다.

청와대 행정관 면접 자리에서 전주의 현안 사업을 면접관에게 들이밀었던 이중선 동지가 전주시민과 함께 새로운 꿈을 꾼다고 합니다.

'정치는 국민의 삶에서 출발한다.'

2010년부터 2018년까지 성북구 구청장으로 지자체를 경험한 제가 이중선 동지에게 드리는 응원과 당부의 말입니다. 2022년 이중선 동지와 전주시민들에게 행복이 가득하길 기원합니다.

김영배 | 더불어민주당 최고위원, 서울 성북구갑 국회의원

"상추입니다. 저의 책에 형님의 추천사를 꼭 받고 싶습니다." 서로 바빠서 얼굴을 못 본 지 반년이나 됐을까, 이중선에게서 연말 인사를 겸해 오랜만에 연락이 왔다. 요청을 덜컥 수락하고는 굉장한 고민에 빠졌다. 글재주도 별로 없는 내게 추천사를 부탁하다니. 어떤 멋진 말로 글을 채워야 할지, 대학생 이중선을 처음 만났던 기억부터 마지막으로 만났던 날의 대화까지 오만 가지 장면이 다 떠올랐다.

며칠 후 원고를 건네받고는 정말 단숨에 읽어 내렸다. 서로가 경험한 1980년대와 1990년대가 워낙 격변의 상황이었던지라 우리의 삶이 다를 것만 같았는데, 많은 부분에 동질감을 느껴 쉽게 읽을 수 있었다. 전북에서 나고 자라 같은 캠퍼스에서 배우고 20대의 나이에 운명처럼 정치를 마주하고 어느덧 같은 길을 향해 걸어가는 동지가 됐으니 이쯤이면 우리는 아주 많은 부분에서 이미 닮아 있었다.

원고를 읽으면서 줄곧 두 단어가 떠올랐다. 아마 책을 읽고 나면 많은 분들이 공감하실 지도 모르겠다. 바로 '전북'과 '운명'이다. 저자는 '전북' 익산 출신 시인 이광웅의 시 「목숨을 걸고」로 글머리를 시작하고, 청와대 생활을 마치고 '전북'으로 귀향하며 글을 마무리한다.

저자는 '운명'처럼 만난 노무현 대통령님과 문재인 대통령님을 통해 배운 사람의 이야기를 '뭐든지 진짜가 되려거든 목숨을 걸고 목숨을 걸고……' 글귀처럼 진심을 다해 꽃피우겠다고 다짐한다.

20여 년 전 대학 선후배 사이로 처음 만났던 때부터, 청와대에서 정무수석과 행정관으로 문재인 대통령님을 함께 보좌하고, 다시 전라북도 재선 국회의원과 도청 정무특별보좌관으로 호흡을 맞추기에 이르기까지. 내가 이중선을 지켜본 바로는 단언컨대 그가 사람에게 진심이 아니었던 적이 없고, 맡은 일에 열정을 다하지 않은 적이 없었다. 특히 함께 청와대에서 일하던 때, 그가 '청와대 행정관이냐' '전북 행정관'이냐는 소리를 여러 번 들었다는 이야기는 꽤 유명한 일화이다. 도청 정무특보를 맡고는 전북 현안 때문에 일주일에 두세 번씩 전북과 국회와 청와대를 오가는 것을 보며 그의 왕성한 업무 추진에 혀를 내두르지 않을 수 없었다.

미국의 시인 랄프 애머슨은 "열의 없이 성취된 위업이란 아직 하나도 없다."고 했다. 열정과 진심이 가득한 '상추' 이중선이라면 잘 해낼 수 있지 않을까. 그의 인간미 넘치는 이 책을 여러분께 감히 추천해 드린다.

한병도 | 더불어민주당 익산시을 국회의원

본명보다 '상추'라는 닉네임이 더 많이 알려진 이중선, 그가 책을 낸다는 소식이 반가웠습니다. 제 후배 중선이는 한마디로 '참 좋은 사람'입니다. 저와 청와대에서 함께 근무하기도 했던 그는 누구보다 성실하고 따뜻하고 열심인 사람입니다. '상추'라는 닉네임에 걸맞는 촌스러움과 부드러움은 오히려 세월이 지나도 사람 냄새를 잃어버리지 않았던 그만의 매력이 아닐까 합니다.

『상추, 이중선입니다』는 '진안 촌놈' 이중선이 살아온 발자취를 하나하나 따라가 보는 책입니다. 상추의 겉잎을 하나하나 떼어가듯 책을 읽어 가신다면, 제가 그랬던 것처럼 독자 여러분도 그의 깨끗하고 고운 속잎들을 발견하실 겁니다.

이중선은 '노사모'의 태동기 때부터 노무현 대통령님과 함께 정치 인생을 시작했습니다. 이후 노무현재단 전북지역위원회 사무처장, 문재인 정부 국정기획상황실 행정관을 역임하며 끊임없이 노무현 대통령님의 뜻과 못다 하신 숙제를 이어 나가고 있습니다.

청와대 행정관 면접에서도 전주시의 발전을 위해 지역 예산안을 면접관들에게 들이밀었던 에피소드를 읽어 보신다면 '상추' 이중선의 속잎 하나하나가 그의 삶의 터전이었던 전라북도와 전주시, 그리고 노무현 대통령님에 대한 사랑으로 가득 차 있다는 걸 확인하실 수 있을 것입니다.

이중선의 전주시에 대한 사랑과 노무현 대통령님과의 깊은 인연을 통해 쌓은 풍부한 정치 경험들이 지역 사회의 미래 비전을 만들어내는 밑거름이 되어 풍성한 열매를 맺을 수 있을 것이라 믿습니다.

언제나 열심인 '상추' 이중선의 새로운 도전을 응원합니다!

최강욱 | 열린민주당 당 대표, 비례대표 국회의원

가장 밝은 사람, 가장 진솔한 사람, 가장 격 없이 어울릴 수 있는 사람, 가장 촌놈인 사람이 제가 아는 이중선입니다. 저는 정치인 이중선보다 촌놈 이중선을 더 일찍 알았습니다. 야무지고 유쾌하고 진솔했던 그와 노사모 태동기를 함께 했고 그가 어떻게 격변의 정치 현장에서 성장해왔는지 지켜보았습니다. 상추 이중선은 정직했고 한결같았습니다. 노무현 대통령님과 문재인 대통령님 곁에서 상추 이중선은 두 분의 장점을 배우고자 노력했습니다. 무엇이 정도正道이고 무엇이 시민들을 위한 길인지에 대해 알고자 하는 그의 모습이 대견스러웠습니다.

『상추, 이중선입니다』는 가장 밝은 사람, 가장 진솔한 사람의 이야기입니다. 또한 밝고 진솔함 뒤에 숨은 상추 이중선이라는 사내의 남다른 고민과 선택이 담긴 책입니다. 상추 이중선을 왜 그리 많은 유명 정치인들이 곁에 두었는지 왜 그를 숨은 보석으로 여겼는지 알 수 있는 책입니다. 상추 이중선은 밝은 미래를 품은 사람입니다.

박시영 | 윈지코리아컨설팅 대표, 박시영TV 진행자

이중선님은 제게 특별한 친구입니다. 알고 지낸 지 20년이 넘었습니다. 노무현 대통령님이 당 대선후보가 되고, 이른바 '노무현 흔들기'가 진행될 즈음, 젊은 패기로 노무현 후보 지키기에 나설 때 만난 친구가 이중선입니다. 제가 청와대 국정상황실장으로 있을 때 함께 일했던 동료이기도 합니다.

오랜 친구가 책을 냈다고 해서 반가운 마음으로 읽었습니다. '전북 상추'로 더 유명한 이중선이 온몸으로 겪어온 시민 정치의 길을 정 주행했습니다.

이중선은 의리 있는 사람입니다. 한 번 맺은 인연은 절대 저버리지 않는 사람입니다. 노사모 원년 멤버였던 그는 어려운 시기에 자신의 안정적인 직업을 내놓고 개혁국민정당, 노무현재단 전북위원회 초대 사무처장 활동 등을 진심을 다해 임해왔습니다.

이중선은 중앙과 지역을 아우르는 인적 네트워크를 갖춘 사람입니다. 저와 함께 청와대 국정기획상황실에 근무하며 각 중앙부처에서 파견된 공무원들과 밀도 높게 업무를 수행했습니다. 그가 다져온 광범위한 네트워크는 누구도 갖지 못한 큰 자산이 될 것입니다.

이중선은 현장에서 빛을 발하는 혁신적인 사람입니다. 그가 청와대 행정관으로 일하던 때 아프리카돼지열병이 확산되는 비상한 상황이었습니다. 그는 현장을 알아야 방역에 성공할 수 있다며 이례적인 암행 순찰을 감행했습니다. 책상머리에 앉아만 있지 않고 필요하다면 언제든 현장으로 달려 나가는 사람입니다. 관료주의적 문화를 활기차게 혁신하고, 전주 발전의 큰 동력을 만들어낼 사람입니다.

책 말미에도 나옵니다만 청와대를 그만두고 고향 전북으로 돌아가겠다는 그를 제가 수없이 만류했습니다. 여러 차례 말리다 지역을 위해 일하겠다는 뚝심을 이길 수가 없어 포기했습니다. 한결같이 오직 전주와 시민만을 생각하는 사람입니다.

오랜 벗이자 배울 점 많은 동료 이중선님의 새로운 도전과 열정을 격하게 응원합니다.

윤건영 | 더불어민주당 서울 구로구을 국회의원

뭐라고 호칭을 써야 하나 잠시 고민했습니다. 선거 출마를 예정하고 있으니 이중선 후보님으로 불러야 하나? 하지만 문재인 대통령님 보필이라는 단 한 가지만 생각하면서 마음을 합쳐 사심 없이 일했던 지난 청와대 생활을 돌이켜보니 제게는 사석에서 자주 불렀던 '상추 국장님'이라는 호칭이 편안하고 더 자연스럽네요.

그 시절 저와 상추 국장님이 새벽 출근, 심야 퇴근의 고역을 즐겁게 웃으면서 해낼 수 있었던 것은 오직 국민의 평안과 나라의 안위만을 위해 극강의 인내로 직무에 전념하시던 대통령님을 보필한다는 영광의 마음을 서로 공유하고 있었기에 가능했을 것입니다.

제가 상추 국장님을 처음 알게 된 것은 2013년 전주지방법원에서 열린 안도현 시인의 공직선거법 사건 재판 때였습니다. 안도현 시인이 2012년 대선 국면에서 국가 보물로 지정된 안중근 의사의 유묵 '耻惡衣惡食者 不足與議(궂은 옷, 궂은 밥을 부끄러워하는 자는 더불어 의논할 수 없다.)'의 행방불명에 박근혜 후보가 관여되어 있다는 의혹을 제기한 바 있습니다. 검찰은 이를 공직선거법 위반으로 기소했고, 제가 변호인의 일원으로 그 사건 변론을 맡아 전주지방법원에서 국민참여재판을 진행한 바 있었습니다. 그때 안도현 시인을 통해 상추 국장님을 소개받아 인연을 맺었습니다.

그는 진득한 사람이었습니다. 신기한 건 그러면서도 유쾌한 사람이라는 것입니다. 진지하면 심각하고, 유쾌하면 가볍기 마련인 터라 저로서는 그런 상추 국장님이 신기하기 그지없었습니다. 노무현이라는 사람에 꽂혀 직장에 사표를 내고 2002년 대선에 자신을 던진 모습도, 진득하면서도 유쾌한 그를 겪고 보니 비로소 이해되었습니다.

상추 국장님의 진면목을 더욱 체감하게 된 것은 그와 청와대 직장 동료가 된 후였습니다. 저는 민정비서관실에서, 상추 국장님은 국정상황실에서 일했습니다. 그는 진득하고 유쾌하기만 한 게 아니었습니다. 국정상황실 행정관으로서 그의 시야는 국민의 일상과 나라의 평안에까지 부챗살처럼 넓게 펼쳐져 있었고, 그의 고민 한가운데에는 지금까지의 민주정부를 넘어 앞으로의 민주정부가 어떻게 가능하고, 그 민주정부는 국민의 삶을 어떻게 나아지게 할 것인지가 들어 있었습니다. 그러면서 전북의 미래와 지향을 늘 고민했습니다. 공·사석에서 국가와 전북에 대한 넓은 시야와 깊이 있는 고민을 예의 진득하고 유쾌하게 풀어내는 상추 국장님의 모습을 접하면서 저는 괄목상대刮目相對라는 말을 새삼스럽게 떠올려보기도 했습니다.

이번에 상추 국장님이 보내준 이 책의 원고를 정독하면서 상추 국장님에 대한 '괄목상대'라는 표현은 인간 이중선에 대한 저의 부족한 관찰의 결과임을 새삼 깨닫게 되었습니다. 원고를 읽는 내내 원래부터 상추 국장님은 내공이 꽉 찬 사람이었다는 것을 절감했습니다.

상추 국장님의 러브스토리와 결혼 이후 겪은 인간적 번민, 그럼에도 대의를 위해 몸을 던지고 또 이를 지지해준 부인의 모습을 담담하게 풀어낸 부분에서는 숙연함마저 느껴졌습니다. 노무현 대통령님이 남기신 '조직화된 시민'의 '참여민주주의'라는 과제를 단 한 번도 마다하지 않고 온몸을 던져 묵묵히 이행해 온 상추 국장님이 겪었을 고뇌와 가족들의 희생 어린 감내에 마음이 먹먹해졌습니다.

흔들리지 않고 피는 꽃이 어디 있겠습니까? 민주주의와 나라가 나아가야 방향에 대한 고비 길에서 상추 국장님의 결단과 이면의 고뇌, 그리고 가족들의 희생이 오늘의 상추 이중선을 만들어 낸 게 아닐지요?

그래서 저는 이중선이 만들어갈 미래, 이중선이 그리는 희망이 궁금합니다. 기대합니다. 상추 이중선의 품성과 미래에 대한 결연한 의지와 역량을 알기에 그가 그리는 미래를 응원합니다.

이광철 | 전 청와대 민정비서관

사람이 무엇 하나에 한결같기란 힘든 일입니다. 세상사는 일이 다 그렇죠. 특히 정치라는 공간에서 볕 좋고 따뜻한 자리가 아닌 비 맞고 번개 치는 험한 일을 함께하는 일들과 함께 겪어 내기란 정말 어려운 일입니다.

이중선은 궂은일도 손해되는 일도 마다하지 않는 사람입니다. 그 어려움을 늘 웃으면서 감당해 온 사람입니다. 모두가 그를 한결같다고 하는 이유가 거기에 있습니다. 그래서 주위에서 안쓰럽게 생각하기도 하고 든든하게 기대기도 합니다. 저는 그에게 많은 것을 기대하는 편입니다. 언제나 그의 신명 나는 발걸음을 보면서 신기해했던 사람입니다. 그래서 그를 응원했었습니다.

그 한결같은 사람이 자신의 첫 책을 펴냈습니다. 그의 이야기에 귀 기울여 보십시오. 한결같은 사람이, 웃음기 잃지 않던 사람이, 여러분과 나누고 싶은 이야기가 어떤 것일지 상상해 보십시오. 이 책에서 펼쳐질 이야기들, 그가 만들어나갈 활력 넘치는 미래의 이야기에 박수를 보내주십시오.

박용진 | 더불어민주당 서울 강북구을 국회의원

'지역 균형 발전'은 더 이상 미룰 수 없는 시대의 흐름입니다. 특히 전주시를 포함한 전라북도 지역은 그간의 험난했던 과거를 딛고 경제, 교통, 문화의 중심지로 발전할 무궁무진한 가능성을 품고 있습니다.

그러나 그 방식과 과정에 대해 우리는 깊이 고민해야 합니다. 각 지역에 대한 이해 없이 외부의 투자와 개발 논리에만 의존한 발전 계획은, 오히려 지역민의 권익을 침해하고 삶을 후퇴시키는 결과를 낳습니다. 진정한 지역 발전은 시민들이 생활을 이어가는 삶의 터전을 지키면서도 더욱 나은 미래의 삶을 가능케 하는 일이며, 이는 지역에 대한 애정과 관심에서부터 시작됩니다. 저 역시 행정 분야에 오래 몸담았던 사람으로서, 지역과 지역민을 사랑하고 아끼는 행정가 한 명이 그 어떤 개발 사업보다 지역 발전에 큰 도움이 된다고 믿습니다.

상추 이중선이 바로 그 '행정가 한 명'입니다. 그는 전주시청 협력관, 전라북도 정무특별보좌관, 새만금개발공사 이사, 국가균형발전위원회 위원을 거치며 전라북도의 미래를 직접 만들어나갔던 주인공입니다. 심지어 그는 청와대 행정관 면접을 볼 때마저도 면접관들에게 '전주시 예산안'을 건넬 정도로 오로지 전주시만을 생각했던 사람입니다. 그렇게 청와대 행정관이 되어 저와 동료로 첫 인연을 맺은 뒤에도 그는 자신의 뿌리, '전주'를 잃지 않는 사람이었습니다.

『상추, 이중선입니다』는 때론 즐겁고 때론 가슴 아픈 수수하고 촌스러운 이야기로 가득해서 읽는 내내 미소가 떠나지 않았습니다. 그러나 그가 생애에 걸쳐 보여준 전주에 대한 애정과 고민은 절대 가볍지 않았습니다. 전주를 위해 일했던 몇 십 년간의 시간을 기반으로 이제는 전주의 눈부신 미래를 제시하는 그의 모습은 어떤 이보다 빛나고 진지합니다.

시간은 흘러 서로 다른 길을 걷고 있지만, 저에게 이중선이라는 사람은 상추라는 오랜 별명만큼이나 친근합니다. 자신의 것에는 욕심 없이 소탈하고 검소한 사람이지만, 지역 발전을 위한 일이라면 누구보다 앞서는 그의 소식에 저 역시 많은 자극과 동력을 얻습니다.

젊고 유능한 행정가. 그러나 그 어떤 능력보다도 따뜻한 애정으로 가득한 사람 상추 이중선. 이제 그가 오로지 전주시만을 위해 살고자 새로운 도전을 시작했습니다. 앞으로도 전주시와 함께할 그의 미래를 누구보다 기대하고 응원하며, 전주 시민들의 많은 성원과 격려 부탁드립니다.

박상혁 | 더불어민주당 경기 김포시을 국회의원

이중선은 저에겐 '상추님'이라는 호칭으로 더욱 친숙합니다. 저뿐만 아니라 많은 분들께서도 이름보다도 '상추'라는 두 글자를 더 정겹게 느끼시리라 생각합니다. 누구나 쉽게 부를 수 있는 호칭은 그가 걸어온 길을 보여줍니다. 옆집에 사는 친절한 이웃이자, 두터운 정을 나눈 동지, 뜨거운 심장을 가진 정치인.

이 책에는 눈앞에 펼쳐진 수많은 갈림길에서 이중선 전 행정관이 해왔던 고민과 선택이 고스란히 담겨 있습니다. 소설가가 되길 꿈꾸던 문학청년이 시대의 불의에 투사가 되고, 노무현 대통령님을 만나 시민 참여 정치에 발을 담그고, 여러 경험과 도전 끝에 전주시와 전라북도에 섰습니다. 먼 길을 돌아오며 단단해진, 지금의 이중선을 만날 수 있음에 감사합니다.

이중선 전 행정관과 잠깐이라도 대화를 나누어보면 전라북도에 관한 그의 깊은 애정과 관심을 느낄 수 있습니다. 다양한 주제에 관해 이야기 나눌 때도 전라북도에 관한 이야기를 빼놓지 않습니다. 자신이 살아온, 또 살아갈 터전을 위해 치열히 고민해온 역사가 느껴집니다. 그는 국정을 총괄하는 청와대 행정관과 전라북도 정무특별보좌관으로 근무하고, 또 전국 방방곡곡을 누비기도 했습니다. 이 기나긴 여정의 끝에 그가 딛고선 땅이 바로 전라북도입니다.

책장을 넘기는 순간마다 이 전 행정관이 그리고, 꿈꾸는 전라북도와 대한민국이 눈앞에 생생히 펼쳐집니다. 지역 균형발전부터 세대 간 화합까지, 그의 내공과 깊이가 담겨 있습니다. '지역의 경계를 뛰어넘어, 지역과 국가가 공존하고 발전하는 나라.' 우리에게 시급하고 꼭 풀어나가야 할 과제입니다. 그의 진심이 많은 분에게 닿길 바랍니다.

상추 이중선은 지금 우리에게 간절히 필요한 사람입니다. 그의 다음 행보를 기대하고 응원합니다.

강선우 | 더불어민주당 서울 강서갑 국회의원

여기 아주 특별한 호(?)를 가진 사람이 있습니다. 누군가의 이름 앞에 이런 수식어가 붙는 것은 처음입니다.

'상추 이중선.'

피식하는 웃음과 더불어 소박하고 정겹다는 인상을 지울 수 없습니다. 그는 이중선이라는 이름보다 '상추'로 더 오래 살았습니다. 사람들에게 이름보다 '상추'로 더 많이 불렸을 겁니다.

그는 흔히 책에서만 공부하던 '풀뿌리 민주주의'를 온몸으로 경험했습니다. 우연히 한 정치인을 보게 되고, 궁금해 하면서 팬클럽 활동을 시작했습니다. 가난한 청년이 어렵게 들어간 직장도 내팽개치고 한 정치인의 철학과 비전에 젊은 시절을 걸고 전국을 누볐습니다. 시민이 자발적으로 나서는 건전하고 역동적인 선거 운동과 문화를 창조했습니다.

한 사람이 살아온 궤적을 보면 앞으로의 방향도 보이는 법이라고 했습니다. 이 책을 통해 풀뿌리 민주주의를 가슴에 새긴 '상추'를 만나보시기를 바랍니다.

고민정 | 더불어민주당 서울 광진을 국회의원

정치에 입문하고 저에게는 수많은 스승과 선배들이 존재합니다. 젊은 청년인 저를 아껴주고 보듬어주고 다듬어 주신 분들이 있었기에 오늘의 저 장경태가 있습니다. 그 수많은 스승과 선배들 사이에서 저를 묵묵히 이끌어주고 저의 부족함을 채워주고 보듬은 분이 바로 상추 이중선입니다. 강가 흔한 돌이었던 저를 깎고 다듬어 보석의 빛을 내도록 이끌어주신 것이죠.

『상추, 이중선입니다』는 정치 입문부터 현재에 이르기까지, 상추 이중선이 겪은 생생한 날것의 기록입니다. 이 책을 단숨에 읽고서 스승이자 선배인 상추 이중선을 제대로 알게 되었습니다. 이 책은 흔한 정치 이야기가 아닙니다. 한 사내의 이야기면서 그 이야기 속에 숨은 서사가 우리의 정치를 가감 없는 날것으로 생생하게 보여줍니다. 그리고 그 역동의 이야기를 통해 우리는 어떻게 나아가야만 하는지를 저 장경태는 다시금 깨달았습니다. 역시 상추 이중선은 싱싱하고 푸른 생것 그대로입니다.

장경태 | 더불어민주당 서울 동대문구을 국회의원

20년 전, 피 끓는 청장년들이 노무현 대통령님의 진심을 알게 되면서 자발적으로 모여 팬클럽을 만들었습니다. 그것이 '노무현을 사랑하는 모임(노사모)'입니다. 노사모는 단순히 팬클럽에 그치지 않고 국민들에게 많은 변화를 주는 단체로 성장했습니다. 노사모의 헌신적이 활동을 통해 노무현 대통령님은 대중의 지지를 받는 정치인으로 어필할 수 있었고, 표를 던진다고만 생각했던 국민들이 정치에 발을 들임으로써 직접민주주의와 참여민주주의의 발전에 큰 영향을 주는 단체로 성장했습니다.

노사모의 눈부신 성장을 이끌어낸 주축에 '상추'가 있었습니다. 우리에게 '청와대 행정관'이라는 직함보다 노사모의 '상추'로 더욱 유명한 이중선 선배는 워낙 유명 인사였기에 자주 뵙지는 못했어도 익히

소문을 들어 잘 알고 있었습니다.

단지 노무현 대통령님을 좋아하는 마음만으로 그 누구보다 진심으로 일해 온 이중선 선배의 발자취는 현재 각자의 목표를 위해 도전하고 있는 청년들에게도 귀감이 되는 사람입니다. 고시원 생활부터 아르바이트, 학원 강사, 개인 사업 등 다양한 사회경험을 겪어오면서도 본인이 꿈꾸던 미래를 포기하지 않고 전문성을 살려 남북교류협회 근무 경험과 3차례 대통령 선거를 치르면서 정무적 경험까지 쌓은 오늘날의 이중선을 만들어 냈습니다.

늘 가슴속에 열정을 가지고 있고, 한 가지 일에 집중해서 최선을 다하고 목표를 달성하는 이중선 선배의 모습에서 많은 걸 느끼고 배웠습니다. 오늘보다 내일이 더 기대되는 사람. 뜨거운 열정으로 살아 숨 쉬는 사람.

이 책을 통해 이중선, 그가 걸어온 길을 알게 된다면 누구라도 그를 우리의 일꾼으로 만드는 걸 망설이지 않을 것입니다.

전용기 | 더불어민주당 비례대표 국회의원

상추, 이중선입니다

1판 1쇄 찍은 날 2022년 2월 3일
1판 1쇄 펴낸 날 2022년 2월 10일

지은이 이중선
펴낸이 김완준

펴낸곳 모악

출판등록 2016년 1월 21일 제2016-000004호
주소 전북 전주시 덕진구 기린대로 418 전북일보사 6층 (우)54931
전화 063-276-8601
팩스 063-276-8602
이메일 moakbooks@daum.net

ISBN 979-11-88071-46-3 03810

값 13,000원